Ma petite organisation

Ma petite organisation

Sixtine Thomas-Richard
Avec la collaboration de Marianne Leclère

Illustrations de Eve Grosset

HarperCollins

Maquette et graphisme : Sixtine Thomas-Richard
Mise en forme : Sébastienne Ocampo

HARPERCOLLINS FRANCE
83-85, boulevard Vincent-Auriol, 75646 PARIS CEDEX 13
Tél. : 01 42 16 63 63
www.harpercollins.fr

ISBN : 979-1-0339-1196-8

*Je dédie ce livre à toutes les personnes qui aimeraient
se faciliter le quotidien, à mes abonnés qui me l'ont demandé ;
ainsi qu'à mes enfants, afin qu'ils se lancent à leur tour
dans leur vie d'adultes décomplexés et épanouis.*

SOMMAIRE

AVANT-PROPOS

Maman de quatre enfants, je suis passionnée par l'organisation. C'est grâce à elle que je me simplifie la vie et que j'allège l'entretien de ma maison, ce qui me permet d'y vivre en harmonie avec ceux qui m'entourent.

Forte d'un certain esprit pratique, j'ai rationnalisé au fil du temps les tâches répétitives qui m'ennuient et peux me concentrer sur ce que j'aime faire : jouer aux jeux de société avec mes enfants ou mon mari, prendre un café avec mes amies, faire du yoga, lire, téléphoner à mes proches, etc.

Ce livre...

En 2012, alors enceinte de mon troisième enfant, je décide de mettre à plat mon organisation et choisis d'en regrouper les principaux axes sur un seul support papier : c'est ainsi qu'est né *Mon Petit Organisateur de Vie* ! Ce carnet de bord, qui va dès lors accompagner chaque jour de ma vie, deviendra rapidement un outil indispensable à beaucoup d'autres personnes.

Je me lance alors dans la grande aventure Instagram sous le pseudo @mapetiteorganisation, nom de mon entreprise sous lequel je distribue *Mon Petit Organisateur de Vie* ainsi que d'autres créations utiles à l'organisation du quotidien.

C'est grâce à ce réseau que je délivre à ma communauté mes astuces quotidiennes et mes conseils en organisation : un mélange des méthodes de développement personnel que j'ai pu lire, de recherches sur Internet, d'expériences personnelles, de bon sens, et d'une goutte d'imagination ! Le tout testé et approuvé en famille !

Au bout de plusieurs années et après des centaines de publications pour partager mes trouvailles , vous avez été nombreux à me demander un livre les répertoriant. J'ai donc pris la plume et, pour vous, j'ai rassemblé dans ce recueil pratique et synthétique tous les outils et conseils indispensables pour trouver l'organisation qui facilitera votre quotidien.

Alors, prêt à prendre en main votre vie et votre maison pour vivre en harmonie dans votre foyer ? Je suis là pour vous aider !

EN PRÉAMBULE : LES OBJECTIFS

COMMENCER PAR L'ESSENTIEL

Je suis souvent contactée par des personnes qui rencontrent des difficultés pour s'organiser, maintenir leur maison rangée, ou simplement trouver la sérénité. Leur question la plus fréquente est : « Par où commencer ? »

Rien ne me procure plus de bien-être que d'atteindre les objectifs que je me suis fixés, qu'ils soient personnels ou professionnels. Pour y arriver, j'applique une méthode faite de positivité, de rigueur et de beaucoup d'organisation. Et cela m'épanouit incroyablement.

Bien souvent, on souhaite aller trop vite en s'attaquant directement au rangement et au tri de sa maison. Or, dans ce cas, on peut passer à côté de l'essentiel. Il est très important de prendre du temps au départ pour se demander ce qui permettra vraiment de mettre de l'ordre dans sa vie.

Pour moi, le plus important, avant de s'y mettre, est de commencer par faire un état des lieux de votre vie à l'instant T.

Ne pas respecter cette première étape risque de vous faire perdre du temps et beaucoup d'énergie.

• FAIRE UN ÉTAT DES LIEUX

Il est possible d'atteindre le bonheur en mettant de l'ordre dans tous les domaines de sa vie : soyez-en convaincu ! La première étape pour y parvenir consiste à **faire un point sur ce qui va et ce qui ne va pas** pour pouvoir ensuite imaginer des leviers de progression.

Personnellement, pour faire le point sur ma vie et mes ambitions, je me suis beaucoup appuyée sur la méthode *Level 10 Life*, une **roue de la vie** développée par Hal Elrod dans son livre *Miracle Morning*. Celle-ci permet de visualiser par où l'on doit commencer à mettre de l'ordre dans sa vie pour trouver son équilibre.

Comment créer votre propre roue de la vie ?

- Tracez un cercle et divisez-le selon les **différents domaines** qui rythment votre vie (intellectuel, émotionnel, physique et spirituel). Au sein de chaque domaine, déterminez des **catégories**, par exemple : amour, santé, spiritualité, finances, travail, vie sociale, développement personnel, maison… Plus vous serez précis dans vos catégories, plus vous pourrez examiner vos besoins en profondeur et trouver votre équilibre.

• Une fois votre roue divisée en autant de parts que vous avez défini de catégories, dessinez neuf cercles à l'intérieur de votre roue de manière à diviser chaque catégorie en **dix niveaux**.

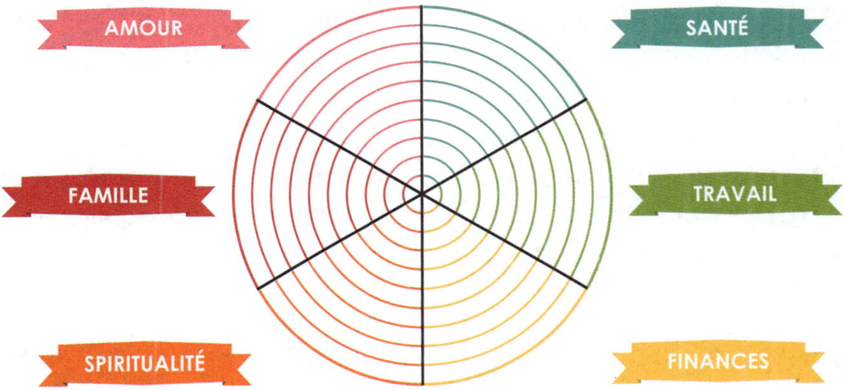

Le moment de faire le point est venu.
Cette introspection est très importante et doit être réalisée au calme et dans un état d'esprit serein.

1. AUTO-ÉVALUATION

Évaluez de manière honnête votre état pour chaque catégorie, de 0 (le moins bon) à 10 (le meilleur). Pour vous y aider, posez-vous la question suivante : « En amour (santé, finances, etc.), comment est-ce que je me sens **sur une échelle de 0 à 10** ? »

Coloriez la catégorie en partant du milieu jusqu'au niveau qui correspond à la note que vous avez donnée : en un clin d'œil, vous visualisez ainsi les domaines dans lesquels vous vous sentez bien et ceux dans lesquels vous pouvez encore progresser. La roue coloriée peut aussi faire apparaître des **déséquilibres** dont vous n'aviez parfois pas conscience.

Pour ressentir un équilibre intérieur,
ma roue doit être homogène.

Le graphique vous permet de déceler instantanément les domaines dont il faut vous occuper en priorité ! Dans l'exemple ci-après, il faudra commencer par vous occuper de vos amours, de vos finances et de votre santé.

Un équilibre ne peut pas se trouver en atteignant un 10 sur 10 dans un domaine tout en fermant les yeux sur celui qui est à 3 sur 10.

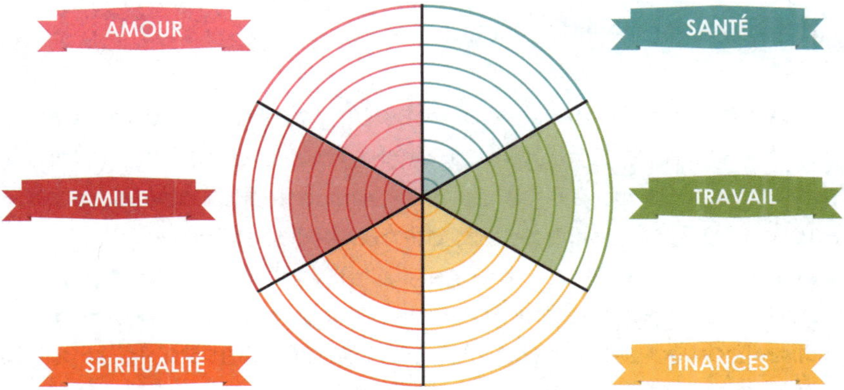

Prenez donc le temps d'analyser votre roue : elle vous guidera dans vos priorités, d'autant plus que certaines catégories sont essentielles pour pouvoir ensuite s'occuper des autres.

Par exemple, ma maison n'est pas rangée 24 heures sur 24. Et c'est normal ! Une maison est faite pour vivre. De plus, ranger demande de l'énergie. Donc si je suis trop fatiguée, ma priorité n'est plus la maison mais ma santé.

2. LEVIERS DE PROGRESSION

Listez par domaine ce qui vous permettrait d'augmenter toutes vos notes. À nouveau, posez-vous la question : « Dans ce domaine, qu'est-ce qui me permettrait d'**atteindre un 10 sur 10** ? » Il s'agit de vos premières idées, vos premières envies, jetées en vrac, même si elles sont très subjectives et que vous ne pouvez pas concrètement les mesurer ni les quantifier. Essayez cependant d'être le plus précis possible : quels changements voudriez-vous apporter à votre vie dans chacun de ces domaines ? Qu'est-ce qui, selon vous, apporterait une amélioration significative ?

Par exemple :

- **santé** : retrouver du souffle, être plus reposé ;
- **finances** : avoir de l'épargne disponible, mieux gérer mes finances ;
- **carrière** : changer d'emploi, réduire mon temps de travail, déléguer davantage ;
- **amour** : retrouver la flamme des débuts, faire plus de choses en couple…

3. ACTIONS CONCRÈTES

En face de chaque idée, notez les actions à mettre en place pour atteindre votre idéal. Attention, ces actions doivent être très concrètes et réalisables facilement.

Un bon objectif est celui que l'on peut atteindre grâce à des actes précis.

Par exemple, « être heureux » ou « être riche » ne sont pas de bons objectifs, car on ne sait généralement pas ce que représente notre idéal du bonheur ou de la richesse.

Pour moi, tout objectif doit être :

- précis,
- réaliste,
- stimulant,
- vérifiable,
- daté,
- chiffré, quantifié.

On pourra donc par exemple proposer :

- **santé** : aller nager une fois par semaine, être couché à 23 heures au plus tard donc arrêter à 22 heures écrans, ménage, jeux…

- **finances** : mettre en place un virement automatique hebdomadaire de XX euros sur un compte d'épargne, installer et suivre une appli de gestion de comptes…

- **carrière** : prendre rendez-vous avec mon N+1, refaire mon CV, m'inscrire sur LinkedIn…

- **amour** : organiser une surprise par mois, réserver un cinéma, un restaurant ou programmer un jogging à deux par semaine…

N'hésitez pas à faire un tableau pour avoir une vision encore plus claire de vos objectifs.

POUR ATTEINDRE UN 10/10 DANS CHAQUE DOMAINE

Il faut...	Action immédiate	En deuxième temps

• DÉFINIR SES PILIERS DE VIE

Avant de passer à la mise en œuvre de vos objectifs, il est très important de savoir reconnaître ce qui est le plus important pour vous. Posez-vous la question : « Qu'est-ce qui est fondamental pour moi ? Qu'est-ce qui vient en premier ? »

En ce qui me concerne, **l'ordre de mes priorités** est toujours le suivant :

1. MON BIEN-ÊTRE

Le plus beau cadeau que je puisse faire à mes proches est d'être suffisamment épanouie pour leur faire du bien à leur tour. En effet, si je suis fatiguée parce que je n'ai pas pris soin de ma santé ou que j'ai trop pris sur moi, alors, inévitablement, une goutte d'eau fera déborder le vase et la maison sera envahie par les cris.

2. NOTRE COUPLE

En numéro deux, la priorité va à l'équilibre de notre couple. Si l'un de nous ne se sent pas bien, si nous sommes trop souvent en désaccord, alors c'est toute notre organisation qui s'en trouve ébranlée. Il est également déstabilisant pour nos enfants de voir leurs parents se crier dessus ou d'avoir deux sons de cloche.

Pour éviter la confusion et maintenir des bases solides, mon mari et moi faisons donc en sorte de faire passer notre couple avant tout, de prendre soin l'un de l'autre et de bien nous accorder. À parents sereins, famille sereine. Attention, je n'ai pas dit que c'était facile !

3. NOS ENFANTS

Évidemment, le bien-être de nos enfants est ma troisième priorité. Leur épanouissement personnel est au cœur de mes préoccupations. Bien avant leur réussite scolaire ou le rangement de leur chambre.

4. NOTRE MAISON

L'environnement dans lequel nous évoluons influe sur notre bien-être à tous. C'est dans la maison que notre petite famille apprend la vie en communauté et trouve son cadre. C'est pourquoi je place cet aspect en quatrième position, avant même le reste de la famille ou les amis.

• ÉTABLIR LA LISTE DE SES RÊVES

Vous rêvez de faire enfin du tri dans votre maison, d'avoir plus d'aide au quotidien, de changer toute votre garde-robe ? Ou bien vous voulez partir à Bali, faire un trek en Patagonie, escalader l'Himalaya ?

Quels que soient vos rêves et vos projets, avoir une bonne organisation est la clé pour les réaliser.

À la manière de Timothy Ferriss dans *La Semaine de 4 heures*, établissez un rétroplanning à six mois des rêves que vous voudriez voir devenir concrets. Vous pouvez vous projeter jusqu'à un an, mais évitez d'aller plus loin, sinon la motivation diminue.

Commencez par faire la liste de ce que vous rêvez :

- d'avoir ;
- d'être ;
- de faire.

Ne vous brimez pas. Écrivez tout ce qui vous passe par la tête ! L'heure des choix n'est pas encore arrivée. Inscrivez, à côté de chacun de vos rêves ou projets, le budget nécessaire à sa réalisation.

CE QUE J'AIMERAIS AVOIR

Description	Pour y arriver	Coût	Je fais ?
			O / N
			O / N
			O / N
			O / N
			O / N
	Coût total		

CE QUE J'AIMERAIS ÊTRE

Description	Pour y arriver	Coût	Je fais ?
			O / N
			O / N
			O / N
			O / N
			O / N
	Coût total		

CE QUE J'AIMERAIS FAIRE

Description	Pour y arriver	Coût	Je fais ?
			O / N
			O / N
			O / N
			O / N
			O / N
	Coût total		

• CHOISIR DES OBJECTIFS PRIORITAIRES

Vous avez défini les domaines de votre vie sur lesquels vous vouliez agir, et avez établi, plus largement, la liste de vos rêves. Comment savoir ensuite quels sont les objectifs que vous pouvez concrétiser rapidement et ceux qui méritent d'attendre encore un peu ?

Récapitulons :

1. VOTRE ÉQUILIBRE PRIME

Reprenez votre roue de l'épanouissement et focalisez-vous sur les domaines les plus en berne, ceux qui méritent d'être poussés vers le haut.

2. QUELLE FAISABILITÉ ?

Choisissez des objectifs réalisables en six mois à un an, pour ne pas vous épuiser en vain, ni perdre votre motivation. Se fixer et atteindre des objectifs, c'est bien, mais **attention à la surchauffe** ! Gardez en tête qu'il vaut mieux atteindre un seul objectif que d'en bâcler cinq, et que vous tiendrez mieux ainsi sur le long terme. Pas question de vous lancer dans une course folle avec des délais trop courts : vous risqueriez d'être essoufflé et, surtout, frustré de ne pas avoir réalisé tout ce que vous aviez listé.

3. QUEL COÛT ?

Vous n'allez peut-être pas pouvoir tout financer d'un coup ! La question budgétaire doit donc être abordée dès le départ.

Faites l'addition des coûts des projets que vous souhaitez **réaliser en premier**, divisez le total par 6 (pour un projet sur six mois) ou par 12 (pour un projet sur un an), puis multipliez le montant obtenu par 1,3 pour anticiper sur les éventuels imprévus.

Serez-vous capable, chaque mois, d'ajouter ce budget à vos dépenses courantes ? Avez-vous besoin de faire **quelques économies** avant de vous lancer ? De **réduire** provisoirement le nombre de projets ? Autant de questions auxquelles il est essentiel de répondre pour rendre ses rêves plus accessibles.

N'hésitez pas, à ce propos, à consulter le chapitre consacré à la maîtrise du budget.

Enfin, n'oubliez pas que vous pouvez trouver de nombreuses **ressources en ligne** et qu'il est parfois possible de faire avancer ses projets sans dépenser un centime. C'est ainsi, par exemple, que je me suis formée en autodidacte au langage HTML pour créer ma toute première boutique en ligne !

PASSER À L'ACTION

Maintenant que vous avez sélectionné vos objectifs, il est temps de passer à l'action !

Le premier pas est souvent le plus difficile à faire, mais il est indispensable. Et il se joue au présent. Comment puis-je employer les prochaines 24 heures pour amorcer mon objectif ? Quels sont les outils qui peuvent m'y aider ? Comment déjouer les pièges de l'autocensure et éviter de toujours tout reporter au lendemain ?

Les rêves n'attendent pas ! Il en va de l'équilibre de notre roue et donc de notre équilibre personnel.

• EFFECTUER UN RÉTROPLANNING

Commencez par diviser chaque objectif en **actions concrètes** permettant de le réaliser. Essayez d'être le plus précis possible. Ces actions constituent les **étapes indispensables** de la mise en œuvre de votre projet.

Munissez-vous d'un agenda et établissez votre rétroplanning : notez d'abord l'étape finale à la date souhaitée, puis « remontez » jusqu'à l'étape la plus proche.

PROJET 1

Etapes pour le concrétiser	*Avant le :*
1.	/ /
2.	/ /
3.	/ /

PROJET 2

Etapes pour le concrétiser	*Avant le :*
1.	/ /
2.	/ /
3.	/ /

PROJET 3

Etapes pour le concrétiser	*Avant le :*
1.	/ /
2.	/ /
3.	/ /

PROJET 4

Etapes pour le concrétiser	*Avant le :*
1.	/ /
2.	/ /
3.	/ /

Par exemple : nous sommes le 1er janvier et, d'ici juin, je veux refaire intégralement ma cuisine. J'ai d'ores et déjà fait un budget et validé que je pouvais bien me le permettre. Je note :

- au 15 janvier, d'avoir pris rendez-vous avec plusieurs cuisinistes ;
- au 15 février, d'avoir obtenu un devis d'un cuisiniste ;
- au 1er mars d'avoir validé les plans ;
- au 1er mai de commencer à vider ma cuisine.

Je me suis laissé un mois et demi pour enclencher le processus et six mois pour réaliser mon objectif. J'ai placé dans mon agenda des échéances qui me permettent de ne pas le perdre de vue.

• ADOPTER LA MÉTHODE ANTI-PROCRASTINATION

Lorsque le quotidien submerge tout, les objectifs fixés sur un temps plus long peuvent passer à la trappe. Souvent, on se trouve des excuses pour repousser la mise en œuvre de ces changements à plus tard : « Ce n'est pas le bon moment », « C'est trop compliqué », « Je suis fatiguée par avance », « Les enfants me prennent trop de temps », « Le chat est malade »... Plutôt que de procrastiner, au risque de ne jamais aller au bout de ses projets, ou de toujours tout faire dans l'urgence, j'ai une **méthode de motivation infaillible** pour réaliser ses rêves :

FAITES-LE ! Là ! Maintenant !
N'attendez plus. Ne cherchez plus d'excuses.
La vie est bien trop courte !

Pour reprendre l'une de mes phrases favorites : ce qui est fait n'est plus à faire. Je n'attends pas, je crée mon avenir en décidant chaque jour d'atteindre un peu plus mes rêves.

Même pour un projet à long terme, je m'efforce, dès que ma décision est prise, d'enclencher l'action **dans les trois prochains jours** : que puis-je faire *maintenant, demain et après-demain* pour commencer à réaliser mon objectif ?

Pour reprendre l'exemple de la nouvelle cuisine, je peux par exemple :

- dès aujourd'hui, lister ce que je veux ou ne veux pas dans ma future cuisine ;
- demain, dresser la liste des questions à poser au cuisiniste ;
- après-demain, commencer à regarder sur Internet quels sont les différents cuisinistes dans ma région.

On peut accéder à tous ses rêves si l'on s'en donne les moyens.

Ce qui compte, c'est de faire le premier pas ici et maintenant, dans l'instant présent. Rien qu'en accomplissant la première tâche, vous entrez dans une dynamique d'action, une énergie positive qui est le prérequis à tous les changements, petits ou grands.

• DIRE NON À L'AUTOCENSURE !

Vous avez un projet, une envie ? **Lancez-vous !** J'ai démarré ma première entreprise de scrapbooking avec... rien ! Pas de stock, pas de statut, pas de financement, pas de logo, rien. Je me suis littéralement jetée à l'eau. Mais j'avais quand même beaucoup d'envie, de joie, de motivation et, bien sûr, d'organisation.

Ne vous laissez pas envahir par des croyances limitantes, ne vous mettez pas de barrières : avancez !

Beaucoup de personnes se laissent freiner par des obstacles qui les empêchent de se lancer : « Mon logo n'est pas fini », « Il y a trop de concurrence », « Je ne suis pas encore à la hauteur »...

Si j'avais attendu que tout soit parfait, je n'en serais pas là ! Mon entreprise, et même *Mon Petit Organisateur de Vie*, ont changé de nom au fil du temps. J'ai créé quatre ou cinq sites Internet en l'espace de cinq ans. Je me suis formée en autodidacte aux langages HTML et CSS pour développer moi-même mes sites... J'ai essayé, modifié, tâtonné, recommencé. Mais j'ai toujours avancé !

Cela fonctionne aussi pour la **vie personnelle**. J'entends souvent ce type de plaintes : « J'ai toujours trop fait à la place de mes enfants », « Je n'arrive jamais à mettre en place une routine »… Mais sachez que rien n'est figé ! À tout instant, vous pouvez **décider de changer** ce qui ne vous convient pas. Il n'est jamais trop tard : chaque jour vous apporte une nouvelle chance de faire mieux.

Nous avons tous le droit de **tester une organisation**, d'adopter un point de vue, de nous tromper, puis d'essayer autre chose.

Par exemple, j'ai testé la méthode proposée par Hal Elrod dans *Miracle Morning* qui consiste à se lever à 5 heures du matin pour prendre du temps pour soi et accomplir tous nos projets. Mais je me suis vite rendu compte qu'elle ne convenait pas à mon rythme de vie : mon mari rentre tard, nous dînons souvent à 21 heures passées, je n'arrive pas à me coucher tôt… au bout de quelques tentatives de levers à 5 heures, j'étais littéralement épuisée !

J'ai également testé les tours de service ou le *batch cooking* pour finalement trouver une autre organisation qui convenait mieux à notre famille.

LES BASES
DE L'ORGANISATION

EMPLOI DU TEMPS
lundi
mardi
mercredi
jeudi
vendredi
samedi
dimanche

MAÎTRISER SON TEMPS

On entend souvent : « Je n'ai pas le temps », « Je suis toujours pressée », « Je suis toujours en retard », « Je n'ai jamais de temps pour moi »...

Le temps, dans nos vies stressées et rythmées par les injonctions d'immédiateté, est devenu une denrée rare, un luxe difficile à atteindre. Or, avec une bonne organisation, vous pouvez en gagner beaucoup !

Ainsi, pendant longtemps, je n'ai pas réussi à inscrire ma routine « sport » dans mes journées... Jusqu'à ce que j'utilise un suivi au quotidien sur lequel je noircis une case à chaque fois que j'ai réalisé ma séance.

Au bout de quelques mois, la routine était prise. Je suis même progressivement passée de cinq minutes d'étirements par jour à une routine sport qui dure quinze à vingt-cinq minutes chaque matin !

Alors si, comme moi, vous préférez largement prendre des moments pour vous – faire du sport, voir des amis, vous consacrer à vos passions – plutôt que ranger-nettoyer-cuisiner, voici quelques astuces pour devenir maître de votre temps.

• PRENDRE CONSCIENCE DE SON EMPLOI DU TEMPS

Pour comprendre la façon dont vous « dépensez » le temps dont vous disposez, vous pouvez remplir un **emploi du temps hebdomadaire « type »**, par tranches d'une heure ou de trente minutes, pour être le plus précis possible.

Utilisez des couleurs pour différencier :

- le temps **personnel** (repos, toilette, sport, spiritualité…) ;
- le temps **familial** (maison, repas, courses, devoirs…) ;
- le temps **professionnel** (trajets, déjeuners, télétravail…).

Commencez par noter vos horaires incompressibles tels que votre travail, vos trajets, vos cours de sport… Puis voyez ce qu'il vous reste et déterminez pour chaque temps libre si vous souhaitez le dédier à un temps personnel, familial ou professionnel.

<table>
<tr><th></th><th>LUNDI</th><th>MARDI</th><th>MERCREDI</th><th>JEUDI</th><th>VENDREDI</th><th>SAMEDI</th><th>DIMANCHE</th></tr>
<tr><td>7h00</td><td colspan="5">Perso</td><td rowspan="3">Perso</td><td rowspan="3">Perso</td></tr>
<tr><td>8h00</td><td colspan="5">Maison</td></tr>
<tr><td>9h00</td><td rowspan="9">Boulot</td><td rowspan="9">Boulot</td><td rowspan="5">Maison</td><td rowspan="9">Boulot</td><td rowspan="9">Boulot</td></tr>
<tr><td>10h00</td><td rowspan="4">Maison</td><td rowspan="4">Maison</td></tr>
<tr><td>11h00</td></tr>
<tr><td>12h00</td></tr>
<tr><td>13h00</td></tr>
<tr><td>14h00</td><td>Perso</td><td>Perso</td><td>Perso</td></tr>
<tr><td>15h00</td><td rowspan="6">Maison</td><td rowspan="6">Maison</td><td rowspan="6">Maison</td></tr>
<tr><td>16h00</td></tr>
<tr><td>17h00</td></tr>
<tr><td>18h00</td><td rowspan="3">Maison</td><td rowspan="3">Maison</td><td rowspan="3">Maison</td><td rowspan="3">Maison</td></tr>
<tr><td>19h00</td></tr>
<tr><td>20h00</td></tr>
<tr><td>21h00</td><td rowspan="2">Perso</td><td rowspan="2">Perso</td><td rowspan="2">Perso</td><td rowspan="2">Perso</td><td rowspan="2">Perso</td><td rowspan="2">Perso</td><td rowspan="2">Perso</td></tr>
<tr><td>22h00</td></tr>
<tr><td>23h00</td><td colspan="7"></td></tr>
</table>

Cet exercice vous donnera une première idée de la façon dont **vous gérez votre temps** : est-il bien réparti de manière équilibrée ? À quel moment pourriez-vous gagner du temps ? Quels sont les moments libres où vous pourriez, par exemple, avancer sur vos projets ?

• PLANIFIER SES ROUTINES

Au fil des ans, je me suis rendu compte que **gérer mon emploi du temps** et **ancrer certaines routines** me permettait de libérer complètement mon esprit au quotidien. Par exemple, avant, tous les jours, je me répétais : « Il faut que je fasse mes comptes », « Il faut que je fasse mes comptes », « Il faut que je fasse mes comptes »... Cela pesait très lourd sur ma charge mentale. À partir du moment où j'ai décidé : « Le jour de mes comptes, c'est le jeudi », cela a été une véritable libération ! Je ne pensais plus du tout à ce sujet les autres jours. Et j'ai donc appliqué cette méthode à plusieurs tâches récurrentes de mon quotidien.

Le secret d'une bonne gestion du temps au quotidien : faire un planning.

Munissez-vous de votre planning hebdomadaire et prenez le temps de définir vos routines de vie. Quelles sont les tâches récurrentes ? Avez-vous besoin de les mener à bien **chaque jour** ou bien seulement **une fois par semaine** ?

Par exemple, définissez l'heure et le jour où vous irez au marché, fixez un créneau hebdomadaire pour faire vos comptes personnels et professionnels, ou délimitez un temps pour traiter l'administratif : pour certains, ce sera dix minutes par jour, pour d'autres trente minutes par semaine ou encore deux heures par mois. Peu importe, l'idéal étant de **trouver le rythme qui vous convient**, selon votre organisation, de cocher le créneau sur votre planning, et surtout de vous y tenir.

Si vous avez du mal à ancrer certaines routines, telles que 10 minutes quotidiennes de yoga, notez-les et, chaque jour, cochez-les à chaque fois qu'elles sont effectuées : dans un premier temps, vous serez fier de voir que vous les avez accomplies scrupuleusement tous les jours, puis elles finiront par devenir automatiques. Vous visualiserez ainsi mieux vos efforts, et cocher les cases chaque jour vous procurera une certaine satisfaction !

	1	2	3	4	5	6	7	8	9	10	11	12	13	14	15	16	17	18	19	20	21	22	23	24	25	26	27	28	29	30	31
Routine matinale	X	X	X	X	X	X	X	X	X	X	X	X	X	X	X																
Sport	X	X		X	X	X		X	X	X	X		X	X																	
Hydratation	X	X	X	X	X	X			X	X	X	X	X		X																
Routine soir	X	X	X	X	X	X	X	X	X	X	X	X	X	X																	
Coucher max 23h	X	X		X	X		X	X	X	X		X	X	X																	

Une fois la routine ancrée dans votre quotidien, vous pouvez arrêter de la suivre sur votre tableau puisqu'elle est devenue un automatisme. Si cela vous fait du bien de continuer, faites-le. De même, si vous n'avez pas réalisé votre routine un jour, ce tableau vous permettra de visualiser tout le chemin parcouru plutôt que de vous focaliser sur la case qui n'a pas été noircie.

Pour les **tâches récurrentes**, je me suis créé des petites fiches routines du matin et du soir, affichées à des endroits stratégiques dans ma maison.

ROUTINE DU MATIN

- Aérer et faire mon lit
- M'habiller et me coiffer
- Vérifier mon agenda
- Vider le lave-vaisselle
- Prendre un petit déjeuner
- 2 min Rangement
- 5 min Sauvetage pièce
- 15 min Désencombrement

ROUTINE DU SOIR

- Faire la vaisselle, l'essuyer et la ranger
- Spray nettoyant sur l'évier et le plan de travail
- Rincer et essuyer
- Sortir un torchon propre
- Lancer le lave-vaisselle

ROUTINE SALLE D'EAU

- Spray nettoyant sur les WC et le lavabo
- Brosser les toilettes
- Essuyer avec une micro-fibre
- La mettre au sale

ROUTINE DU COUCHER

- Éteindre mon téléphone
- Ranger un point chaud
- Vérifier mon agenda
- Préparer mes vêtements et accessoires pour demain
- Prendre soin de moi
- Me coucher à l'heure

En effet, il me serait impossible de vivre dans une maison trop en désordre. Mais l'entretien de mon foyer, a fortiori avec des enfants, s'est compliqué au fur et à mesure que se sont accumulées mes obligations professionnelles, personnelles et familiales. Grâce à la mise en place de « routines ménage », plus développées dans le chapitre qui leur est consacré, je me sens beaucoup moins débordée.

Enfin, notez sur votre agenda quelques **tâches mensuelles** (s'atteler à l'administratif le 15 de chaque mois) ou même **annuelles** : entretenir la voiture…

La règle d'or : je ne reporte jamais ce que je n'ai pas pu faire dans la journée et ce, sans culpabiliser. Un rendez-vous m'a empêchée de récurer la salle de bain ? Tant pis, elle attendra la semaine prochaine !

Restez zen : inutile de surcharger vos journées déjà bien remplies…

Et puis finalement, ce déjeuner impromptu avec une amie n'était-il pas bien plus enrichissant pour vous que d'avoir astiqué la cuisine ? Gardez à l'esprit que si vous avez une routine bien établie, votre pièce sera régulièrement nettoyée. Un imprévu ne sera pas un problème puisque le nettoyage de cette pièce reviendra rapidement.

J'ai bien sûr adopté ce même principe pour mes **activités professionnelles** : je place le matin mes tâches les plus décisives car je sais que c'est le moment où je suis la plus productive. Par exemple, je consacre mes mardis à mes nouveaux projets, je tiens mes comptes professionnels et personnels tous les jeudis et je bloque mon vendredi pour d'éventuels rendez-vous professionnels. Mensuellement, je travaille sur ma stratégie le premier lundi de chaque mois, et sur mon bilan le dernier jeudi…

• SE DÉCHARGER SUR DES *TO-DO LISTS*

Parallèlement, pour **libérer votre charge mentale**, notez sur une *to-do list* tout – absolument tout ! - ce que vous devez faire dans la semaine : appeler le banquier, relancer le plombier, organiser les vacances, inviter les Durand à dîner, mais aussi ranger les confitures ou repriser un pantalon.

Cela vous permettra de ne plus avoir à y penser dans la journée, et de ne plus vous réveiller la nuit en vous disant que vous avez oublié de faire ceci ou cela.

Votre esprit sera plus léger.

Procédez de la même façon pour la **partie professionnelle**. Pour gagner encore plus de temps, utilisez une *to-do list* déjà divisée en deux parties perso/pro. Ainsi, en notant votre tâche dans la bonne colonne, votre cerveau fait déjà un premier tri, et cela vous fera gagner du temps.

• PRIORISER SES TÂCHES

Pour classer les tâches quotidiennes figurant sur ma *to-do list*, j'utilise la **matrice d'Eisenhower**, qui permet de les répartir en quatre catégories, selon deux axes, l'importance et l'urgence :

1. LES TÂCHES IMPORTANTES ET URGENTES, que vous devez **faire** vous-même, immédiatement ;
2. LES TÂCHES IMPORTANTES MAIS NON URGENTES, que vous effectuerez vous-même, mais que vous pouvez **planifier** pour un autre jour ;
3. LES TÂCHES NON IMPORTANTES MAIS URGENTES, que vous pouvez **déléguer** ;
4. LES TÂCHES NON IMPORTANTES ET NON URGENTES, que vous pouvez éventuellement **éliminer**.

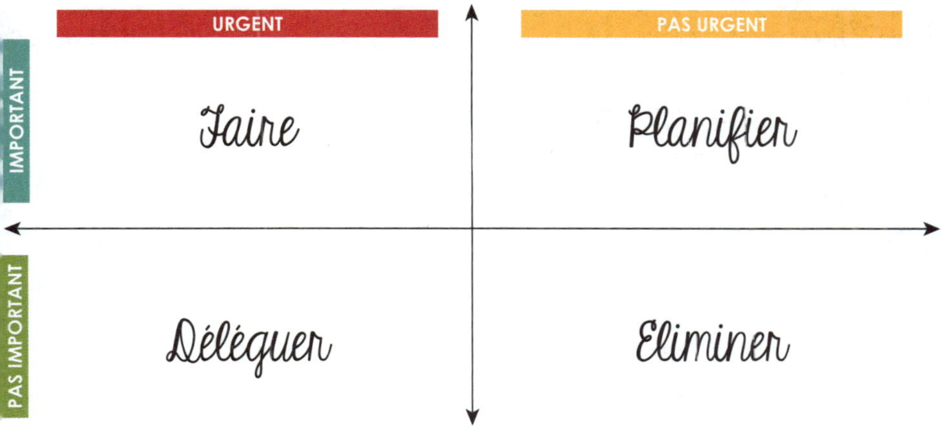

Une fois vos tâches catégorisées, **répartissez-les dans votre planning** : personnellement, je trouve qu'il est beaucoup plus facile d'accomplir deux tâches par jour que de commencer la semaine avec une *to-do list* de deux pages.

Je vous recommande de planifier chaque jour une ou deux tâches **importantes** (par exemple : faire ses comptes ou son *batch cooking*, ranger une pièce…), et de compléter avec deux ou trois tâches très **faciles** (écrire un mail, passer un coup de fil, payer une facture, ranger la table basse…).

Cela m'évite beaucoup d'angoisses et de surcharge mentale. En répartissant vos tâches importantes, et en notant « telle tâche : mercredi », vous n'y penserez plus ni le lundi, ni le mardi. Si cette tâche était restée sur votre liste sans être notée un jour précis, vous y auriez pensé tous les jours !

N'hésitez pas non plus, si le besoin s'en fait ressentir, à faire glisser certaines tâches d'une catégorie à l'autre et surtout, sans culpabiliser !

• DIVISER POUR MIEUX RÉUSSIR

Revoyez aussi la façon de penser les tâches que vous souhaitez accomplir afin qu'elles deviennent réalisables **rapidement**. En plus d'être concrètes, elles ne doivent pas paraître insurmontables.

Si un objectif vous paraît trop difficile à atteindre, fractionnez-le.

Par exemple, si vous devez trier le contenu d'une pièce et la vider, dites-vous que tel jour vous vous attaquez au mur de droite, tel jour au mur de gauche, puis au centre de la pièce, etc.

Enfin, si la tâche à accomplir vous poursuit depuis trop longtemps et reste inachevée, demandez-vous si elle est réellement importante. Si la réponse est « non », supprimez-la de vos objectifs. Si la réponse est « oui », demandez-vous si elle est suffisamment bien définie ou s'il faut la diviser. Et si, vraiment, vous n'y arrivez pas : déléguez.

• GAGNER DU TEMPS EN DÉLÉGUANT

Faites confiance aux autres, à vos collaborateurs comme à vos proches. Vous gagnerez en temps libre pour accomplir d'autres tâches… ou en temps pour vous.

Apprenez à lâcher prise
car vous ne pouvez pas tout gérer !

Même si cette tâche n'est pas réalisée comme vous l'auriez fait, **réjouissez-vous de pouvoir la retirer de votre *to-do list***.

À la maison, déléguez aux enfants ce qu'ils peuvent faire facilement en fonction de leur âge : mettre et desservir la table, vider le lave-vaisselle, ranger leur chambre ou les jouets de la baignoire, balayer la terrasse, acheter le pain, etc.

Si vous avez plusieurs enfants, pensez à leur donner des tâches à faire ensemble pour que les plus grands apprennent aux plus petits. Je vous en parle dans le chapitre sur l'autonomie des enfants.

• PRÉVOIR L'IMPRÉVU

Lorsque vous établissez votre routine quotidienne et que vous planifiez vos tâches, définissez un **timing** approximatif pour chacune d'entre elles.

Prenez soin de réserver **plus de temps** que celui que vous estimez nécessaire : cette marge vous permettra d'avoir une place pour les imprévus, les interruptions, les bugs, etc. Vous pourrez ainsi gérer les débordements, tout en ayant quand même traité la tâche la plus importante de votre liste.

Votre quotidien ne doit pas être rempli à ras bord. Laissez 20 à 30 % de plages horaires vides. Hélas, la plupart du temps, elles se rempliront toutes seules !

Si vous avez été efficace, rien ne vous empêche de vous avancer en commençant les tâches du lendemain.

• FIXER UNE DURÉE LIMITÉE

Le chercheur Cyril N. Parkinson a établi que plus on dispose de temps pour effectuer un travail, plus on prend du temps pour l'effectuer. Il recommande donc d'estimer la durée nécessaire pour réaliser une tâche et de **fixer des limites courtes** pour certaines d'entre elles. Si la Loi de Parkinson a d'abord été observée dans les administrations britanniques, elle s'applique en réalité à tous les domaines.

Par exemple, si vous avez tout l'après-midi devant vous et que vous décidez de la commencer par un rapide nettoyage de votre salon, vous allez commencer par ranger ce qui traîne. Puis vous allez tomber sur une pile de papiers que vous allez parcourir, trier, jeter et ranger, puisque vous avez le temps. En les rangeant, vous vous rendrez compte que vous n'avez pas réglé vos factures depuis longtemps, et vous allez donc vous y atteler. Puis vous retournerez au ménage du salon. Là, vous constaterez que la caisse des jouets des enfants déborde, et qu'il est grand temps d'y faire du tri. Et ainsi de suite jusqu'à la fin de l'après-midi !

Ce que vous pensiez être un rapide nettoyage vous aura pris une demi-journée et vous aurez l'impression de n'avoir fait que ça !

Pour éviter de combler votre temps disponible avec des tâches complémentaires, définissez un temps limité pour les réaliser.

J'ai donc adopté la **pratique du minuteur** dans de nombreux domaines, et en particulier pour les tâches ménagères. Par exemple, lorsque je dois nettoyer mon salon, je lance un minuteur de trente minutes. Ainsi :

- je ne m'éparpille pas en faisant d'autres rangements,
- je mets toute mon énergie pour être efficace et boucler mon ménage dans le temps imparti,
- et il me reste alors tout l'après-midi pour faire autre chose !

Cela fonctionne aussi très bien **avec les enfants**. Ainsi, lorsqu'ils doivent ranger leurs chambres et que cela leur paraît insurmontable, j'évalue rapidement combien de temps et de bras sont nécessaires et je leur annonce : « Je vous parie que si vous vous y mettez à deux, la chambre sera rangée en cinq minutes » et je lance un minuteur. Cela les galvanise, et tout est fait avant la sonnerie. Alors que, s'ils ont l'après-midi pour le faire, cela peut prendre des heures !

Cette technique du minuteur, aussi appelée la **« technique *Pomodoro* »**, du nom d'un minuteur en forme de tomate, a été développée par Francesco Cirillo à la fin des années 1980 et consiste à se concentrer sur une tâche unique par tranche de vingt-cinq minutes. Cela permet d'éviter toute dispersion et toute procrastination.

Une fois le temps écoulé, vous devez vous arrêter, même si vous n'avez pas terminé et qu'il ne vous manque que quelques minutes pour achever ce que vous deviez faire. Vous pouvez alors vous accorder cinq minutes de relâche.

Enfin, tous les quatre tours de « pomodoro », vous avez droit à vingt ou vingt-cinq minutes de pause.

Cette méthode repose sur notre **durée naturelle de concentration**. Elle impose une discipline et aide à se concentrer. C'est une méthode que j'aime bien également pour limiter mon temps lors d'activités chronophages – surfer sur les réseaux sociaux, chercher des idées sur Pinterest, etc.

• METTRE DES ALARMES

Ma vie est rythmée par les multiples alarmes – récurrentes ou occasionnelles – que j'ai installées sur mon portable.

Cela peut paraître paradoxal,
mais ces alarmes libèrent mon esprit !

Par exemple, pour aller chercher mes enfants à l'école, je n'ai plus à regarder ma montre toutes les cinq minutes : je travaille tranquillement et, quand mon alarme sonne, j'arrête tout ce que je faisais et je pars immédiatement. Grâce à cela, je peux rester totalement concentrée sur ce que je fais et je ne suis plus jamais en retard. Et c'est la même chose pour mes rendez-vous ponctuels.

Astuce : en début de semaine, lorsque je fais le point sur mon agenda, c'est le moment où je procède au réglage de toutes mes alarmes liées à mes rendez-vous.

Juin
1467

GÉRER SON BUDGET

J'ai longtemps rêvé de refaire notre cuisine. La nôtre était datée et peu pratique. Mais, avant que ce rêve ne devienne réalité, il a tout de même fallu que j'attende quelques années pendant lesquelles nous avons économisé avec persévérance et régularité.

Pendant tout ce temps, j'ai établi un budget prévisionnel, fait mes comptes patiemment tous les mois, et ai ainsi pu épargner : cela ne me pesait pas, puisque je savais exactement à quoi j'allais destiner ces économies…

Voici mes conseils pour bien gérer votre budget pour pouvoir atteindre les objectifs et les rêves que vous vous êtes fixés.

• POURQUOI FAIRE SES COMPTES ?

Croyez-moi : faire ses comptes n'a rien de rébarbatif, c'est même très instructif !

1. C'est une **bonne habitude** qui vous permettra avant tout d'éviter de coûteux agios, des prêts à la consommation toujours risqués, ou de vider d'un coup votre épargne car vous avez dépensé plus que vous n'avez gagné…

2. Cela vous permettra aussi de **déceler les petites dépenses** qui comptent finalement beaucoup, et cela reste le moyen le plus fiable pour épargner régulièrement.

3. Surtout, grâce à un **budget prévisionnel**, vous pourrez avoir des **projets**, évaluer s'ils sont réalistes et les délais dans lesquels ils pourront être mis en œuvre.

Ainsi, il y a beaucoup de choses qui paraissent insignifiantes mais qui, mises bout à bout, représentent de grosses sommes : boulanger, baby-sitters, maraîchers et petits producteurs au marché…

Ces petits montants, multipliés, constituent l'air de rien **une vraie somme annuelle.** Par exemple, trois euros quotidiens à la boulangerie, c'est près de 1 100 euros de pain chaque année !

Alors, pour libérer ma charge mentale et ne rien oublier, soit je note immédiatement chaque dépense en espèces sur mon récapitulatif hebdomadaire, soit je demande un reçu que je glisse avec mes facturettes et que je ressors au moment de faire mes comptes.

Ne négligez pas non plus de **bien suivre les remboursements de la sécurité sociale et de votre mutuelle**. Je me suis ainsi rendu compte que, sans raison, beaucoup de frais de santé ne m'étaient pas remboursés. Et, avec quatre enfants, les sommes peuvent vite devenir importantes ! J'ai donc établi un carnet de suivi des remboursements pour les vérifier et, le cas échéant, relancer les organismes.

• GÉRER SES COMPTES, SES MOYENS DE PAIEMENT

Je vous conseille de **limiter le nombre de vos comptes bancaires** pour éviter de :

- multiplier les frais bancaires,
- perdre du temps lorsque vous pointez vos relevés de comptes – plus vous en détenez, plus la tâche sera fastidieuse !

Non seulement vous ferez des économies, car vous payez autant de frais de tenue de compte et de cartes bancaires que vous possédez de comptes, multiplié par le nombre de banques dans lesquelles vous êtes client.

Mais vous gagnerez également beaucoup de temps car il est plus rapide de parcourir un relevé de comptes que six. En ce qui nous concerne, nous avons :

- un compte joint pour toutes les dépenses de la famille,
- un compte personnel pour mon mari,

- un compte professionnel pour mon activité,
- des livrets d'épargne que nous n'avons pas besoin de consulter pour faire nos comptes.

Par ailleurs, au quotidien, je privilégie au maximum les **achats par carte bancaire**. Cela me permet de retrouver aisément les montants sur mes relevés de comptes, et, contrairement aux achats réglés en espèces, je ne risque pas de les oublier.

Dans le même ordre d'idée, j'ai choisi de prendre des cartes bancaires **à débit immédiat**, pour avoir toujours un état de mon solde « en temps réel ». Et je m'évite surtout le stress d'avoir à anticiper le débit, en une seule fois, du total de mes dépenses !

• DÉFINIR SON BUDGET ANNUEL

Commencez par **lister toutes vos dépenses et recettes** de l'année. Recensez précisément dans un **tableau** toutes vos **dépenses fixes**, par exemple :

- impôts et taxes ;
- pensions alimentaires ;
- loyers, crédits et charges ;
- énergie et eau ;
- transports (abonnements, entretien, essence et crédit) ;
- assurances et mutuelles ;
- abonnements (téléphonie, Internet, sport, loisirs, presse, applis…) ;
- frais de crèche, cantine, accueil périscolaire ;
- études supérieures des enfants ;
- frais bancaires…

DÉPENSES

Logement / Services	Annuel	Mensuel
Loyer ou crédit		
Électricité		
Gaz/Fioul		
Bois		
Eau		
Internet		
Téléphonie		
Frais bancaires		

Assurances / Impôts	Annuel	Mensuel
Assurances		
Mutuelle		
Impôts		
Taxe ordures ménagères		
Taxe foncière		

Loisirs	Annuel	Mensuel
Sport		
Vacances		
Restaurant		
Esthétique		
Musique / Films		
Magazines		

Santé	Annuel	Mensuel
Médecin		
Spécialistes		
Pharmacie		

Alimentation	Annuel	Mensuel
Supermarché		
Fruits et légumes		

Transports	Annuel	Mensuel
Loyer ou crédit		
Entretien		
Essence		
Billets		

Enfants	Annuel	Mensuel
École / Crèche		
Cantine		
Activités		

Autres	Annuel	Mensuel
Vêtements		

	Annuel	Mensuel
Total dépenses :		

Listez en parallèle vos **recettes fixes**, par exemple :

- salaires et revenus d'activités ;
- pensions (alimentaire, de retraite...) ;
- aides et allocations ;
- revenus locatifs ;
- autres revenus (intérêts et dividendes...).

RECETTES

	Annuel	Mensuel
Salaire 1		
Salaire 2		

	Annuel	Mensuel
Aides		
Revenus locatifs		

	Annuel	Mensuel
Total recettes :		

Je vous recommande d'établir cet état des lieux de vos dépenses et recettes une à deux fois par an. Car nos habitudes de consommation peuvent varier, par exemple en cas de naissance, divorce, déménagement, changement de travail, études supérieures des enfants, etc.

• FAIRE DES MOYENNES MENSUELLES

En remplissant votre tableau, vous serez sans doute en difficulté pour chiffrer vos **dépenses et recettes variables.** Comme leur nom l'indique, celles-ci changent toutes les semaines ou tous les mois : l'alimentaire (supermarché, marché, produits surgelés, pain quotidien…), la santé (consultations, pharmacie), les loisirs (sorties culturelles, sport), les vacances (essence, billets, réservations…), les vêtements et accessoires, l'esthétique (coiffeur…). Sans oublier bien sûr les rentrées d'argent qui peuvent survenir en plus de vos revenus réguliers.

Par exemple, si vous allez au supermarché une fois par mois et au marché une fois par semaine, additionnez ces dépenses sur trois mois, puis divisez-les par trois pour vous faire **une idée de ce que vous dépensez en moyenne chaque mois** pour votre alimentation.

Même principe pour des dépenses **moins régulières**, comme le coiffeur, les cadeaux ou les vêtements : je totalise mes achats sur trois mois (hors périodes spéciales comme Noël ou les grandes vacances), et les divise par trois pour arriver à une moyenne mensuelle.

Pour avoir une vision immédiate de ces variables, notez-les avec des **couleurs spécifiques** : par exemple bleu pour l'alimentation, rouge pour les vêtements, vert pour la santé, violet pour l'esthétique, jaune pour les recettes ponctuelles (brocantes, ventes sur Vinted ou Le Bon Coin, vente à domicile, etc.).

Ces relevés peuvent paraître fastidieux, mais faites l'effort de tenir ce budget **pendant au moins trois mois**. Cela vous permettra d'obtenir une moyenne mensuelle par poste vraiment précise. Car, si vous ne notez vos frais que sur trois ou quatre semaines et qu'il s'agit, par exemple, du mois où vous rachetez tous vos produits ménagers, vos dépenses moyennes « supermarché » s'en trouveront faussées.

Récapitulez sur une seule page vos dépenses et recettes moyennes mensuelles.

Si vous avez choisi un code couleur, il vous sera plus facile de retrouver, d'additionner et de catégoriser les différentes sommes.

Réalisé tout au long de l'année, ce récapitulatif peut par ailleurs vous permettre de faire ressortir d'un seul coup d'œil :

- les dépenses et recettes **exceptionnelles** – par exemple un passage chez le garagiste – qui expliquent pourquoi vous n'avez pas pu économiser ce mois-là,
- les dépenses qu'il ne faut pas oublier et donc **anticiper**.

En effet, si vous vous apercevez que vous dépensez moins entre janvier et mai et qu'il vous reste une marge, plutôt que de dépenser cet argent, le récapitulatif mensuel vous rappelle qu'il faut faire attention aux charges importantes qui tombent habituellement en septembre (impôts, taxes, rentrée...).

• ÉTABLIR SON BUDGET PRÉVISIONNEL

Une fois récupérées toutes vos dépenses et recettes :

- multipliez par douze vos données **mensuelles**,
- divisez par douze vos données **annuelles**,

Notez le total de vos montants annuels et le total de vos montants mensuels, **poste par poste**, sur deux colonnes.

Les montants mensuels multipliés par douze doivent bien sûr être égaux aux montants annuels correspondants.

Vous pourrez ainsi vous apercevoir qu'une dépense mensuelle qui vous paraît anodine constitue finalement une somme importante une fois multipliée par douze. À l'inverse, des sommes que vous jugez énormes quand elles sont versées d'un coup ne vous paraîtront, en définitive, pas si démesurées rapportées au mois.

Voilà !

Vous avez établi votre budget annuel et mensuel.

Cela vous donne un indicateur fiable des sommes que, chaque mois, vous ne devez pas dépasser pour pouvoir assumer le total des dépenses de l'année.

Vous connaissez désormais le montant moyen de vos dépenses mensuelles et savez combien vous devez garder pour les mois « chers » et, en conséquence, combien vous pouvez ***mettre de côté pour financer vos projets****.*

Je vous recommande de repousser au maximum un achat le temps d'épargner plutôt que de vous endetter avec des prêts qui paraissent souvent attractifs mais qui, additionnés les uns aux autres, peuvent rapidement devenir lourds dans votre budget.

Gardez en tête que, selon les recommandations des banques, vous ne devriez jamais vous endetter au-delà de 30% de vos revenus.

• CONSTITUER UNE ÉPARGNE

L'épargne est un **gage de sécurité** indispensable. C'est sur elle que vous pourrez vous reposer en toute sérénité en cas d'imprévus – voiture ou chaudière qui rendent l'âme, chômage… –, ou pour faire face à de nouvelles dépenses – achat d'un bien immobilier, études supérieures des enfants…

Si, dans votre budget, votre différentiel recettes/dépenses est positif, vous allez pouvoir déterminer combien vous pouvez consacrer à vos projets, puis ce qu'il restera pour vous constituer une épargne.

Ainsi, si votre différentiel recettes/dépenses est de 263 € par mois, et que vos projets sont évalués à 84 € par mois (sur un an, par exemple), vous pouvez placer 179 € mensuels sur une épargne.

Les petits ruisseaux
font les grandes rivières.

À l'inverse, si votre solde est négatif ou à zéro, c'est le moment de reprendre vos comptes et de chercher poste par poste où vous pourriez réaliser des **économies**.

Par exemple, nous sommes nombreux à cumuler plusieurs abonnements qui, mis bout à bout, représentent des sommes considérables : 15 € pour Netflix, 10 € pour Deezer, 4 € pour Amazon Prime, 9 € pour Disney+, 10 € pour de la presse, 15 € pour une box mensuelle (alimentation, beauté, fleurs, bijoux, etc.)... Voilà déjà votre budget grevé de 63 € par mois, soit 756 € par an.

Réfléchissez alors aux économies que vous pourriez réaliser **en supprimant ou réduisant** quelques-unes de ces dépenses, même quelques mois seulement, le temps de mettre suffisamment de côté pour pouvoir réaliser votre projet et/ou épargner pour l'avenir.

Revoyez aussi les **abonnements Internet/téléphonie**, qui se démultiplient au fur et à mesure que la famille grandit : ils sont souvent disproportionnés par rapport à nos besoins réels et peuvent parfois venir en doublon. Ainsi, on peut souvent se contenter d'un forfait téléphonique à 9,90 € plutôt que celui à 29,90 € : voilà 20 € facilement économisés, soit 240 € par an... à multiplier par le nombre de smartphones dans la maison !

Faites la même démarche pour les budgets vêtements, beauté, sorties ou déco : selon vos priorités, il vous sera plus facile de « tailler » dans certains postes plutôt que d'autres.

Ainsi, dans notre famille, nous ne faisons du shopping qu'en magasins d'usines et pendant les périodes de soldes. Les enfants font au préalable un tri de leurs affaires et me disent ce qui leur manque. Nous achetons donc uniquement **en fonction des besoins** et acceptons volontiers les dons faits par nos proches.

J'ai moi-même remplacé mon cours de yoga par un abonnement à vie à une application, qui m'a seulement coûté l'équivalent de 6 mois de cours collectifs.

Autant d'économies qui, au quotidien, vous paraîtront dérisoires mais qui vous permettront d'atteindre plus facilement certains de vos rêves.

• UTILISER LE SYSTÈME DES ENVELOPPES

Cette méthode a fait ses preuves si l'on a besoin de diminuer ses dépenses sur un poste précis et ce système peut s'avérer très utile si vous avez du mal à gérer différentes catégories de dépenses. Le principe est le suivant :

1. Déterminez **combien vous dépensez** ou souhaitez dépenser chaque mois par catégorie (alimentation, sorties, shopping...).

2. Créez **une enveloppe par catégorie**.

3. Glissez-y, en début de mois, le **montant en espèces** que vous vous êtes fixé.

Le but est de respecter le budget alloué et de ne pas piocher dans une autre enveloppe en cas de dépassement.

Si vous adoptez cette méthode, je vous conseille de :

- commencer le lendemain de votre **jour de paye** pour pouvoir tirer assez d'espèces,

- ne pas dépenser l'éventuel reliquat des enveloppes en fin de mois, mais le **mettre de côté**.

• SAVOIR SE FAIRE AIDER

Si la gestion de votre budget vous pose régulièrement des problèmes ou ne vous permet pas d'avancer sur vos projets, pourquoi ne vous adressez-vous pas à un **conseiller financier** ? C'est son métier ! Il est là pour vous aider à reprendre votre budget en main et pour vous accompagner en s'adaptant à votre personnalité et à vos besoins.

Ainsi, en plus de ma gestion rigoureuse, j'ai choisi de **m'entourer de professionnels** pour m'aider à prendre les bonnes décisions en fonction de mes revenus, de mes projets et de mon mode de vie.

Pour mes finances personnelles, comme j'étais lassée par les changements incessants d'interlocuteurs dans ma banque, j'ai trouvé une conseillère extérieure qui me permet en outre de créer une relation de confiance sur du long terme. Et, pour la gestion de mes comptes professionnels, je m'appuie sur une comptable que l'on m'a recommandée et qui prend tout le temps qu'il faut pour répondre de façon claire à mes questions, même les plus basiques !

IMPÔTS
SANTÉ
BANQUE

ADMINISTRER SES PAPIERS

Je suis graphiste de formation. Aussi, j'aime non seulement quand c'est rangé, mais également quand c'est beau ! Lorsqu'un objet est beau, il me donne envie de l'utiliser.

Par exemple, je ne suis pas une grande sportive, mais quand j'enfile mon legging noir et mon top de running orange fluo, associés à mes accessoires branchés pour maintenir cheveux et portable, je me sens pousser des ailes ! Avoir une apparence de sportive de haut niveau me donne envie de me dépasser, même si ce n'est que dans la tête.

C'est la même chose pour le jardinage. Quand j'investis dans de beaux outils performants – taille-haie, sécateurs, nettoyeur haute pression –, je me sens capable d'abattre un travail surhumain.

Alors pour le rangement administratif, c'est pareil. Après avoir utilisé pendant des années de vieilles boîtes, certes organisées, mais que j'avais envie de cacher bien au fond de mon armoire, j'ai adopté des chemises et des classeurs colorés, assortis de jolies étiquettes. Le tri des papiers m'a semblé bien plus ludique et joyeux. Je me suis même mise à les exposer pour décorer ma pièce !

• DIRE STOP À L'ACCUMULATION !

La réduction des papiers débute **dès qu'ils pénètrent dans la maison** : le courrier de la boîte aux lettres, les magazines que j'achète, les carnets de correspondance des enfants, etc. Après avoir jeté les prospectus dans la poubelle de recyclage – hélas, le « Stop Pub » n'est pas toujours respecté –, déposé au pied des escaliers le courrier des enfants, et sur une étagère dédiée celui mon mari, je m'attaque à trier mon propre courrier.

1. JE LIS immédiatement les magazines et en mets certains dans la cuisine pour qu'ils soient lus par les enfants au moment du goûter, avant de les recycler. Cela évite qu'ils traînent sur la table basse du salon pendant des semaines !

2. JE CLASSE immédiatement les documents qui peuvent l'être, comme les factures acquittées, les comptes-rendus, etc.

3. JE DÉPOSE sur mon bureau tous les papiers à traiter.

Pour éviter l'amoncellement, j'applique cette règle très efficace :

Tout ce qui me prend moins de cinq minutes doit être fait immédiatement.

Par exemple : j'ouvre un colis et je jette tout de suite l'emballage au tri. Je paye les factures dès réception et les archive dans la foulée. Je reçois une carte postale ou un faire-part : je remercie par un SMS, et je note sur ma *to-do list* d'acheter un cadeau dans la semaine…

J'essaie ainsi de traiter tout ce qui peut l'être. Le résultat en matière de gain de temps et de place est spectaculaire !

Quant aux papiers qui nécessitent plus de temps, je m'en occupe lors de ma **routine hebdomadaire** dédiée aux tâches administratives. En effet, je pense qu'il est important de prévoir un temps régulier pour la « paperasse ».

Selon vos habitudes ou votre rythme, ce temps peut être quotidien (10 minutes par jour avant la préparation du dîner par exemple), hebdomadaire (30 minutes le samedi matin) ou mensuel (2 heures tous les 15 du mois).

Peu importe : il doit être régulier, fixe et, si possible, jamais repoussé, sinon gare à l'accumulation !

• REFUSER, JETER, NUMÉRISER

Pour éviter d'être débordée par les papiers, je refuse les tickets de caisse ou les factures lorsqu'elles peuvent être envoyées par mail, les impressions inutiles qui peuvent être remplacées par des photos ou des captures d'écran, les sacs en papier ou encore les papiers cadeaux que je remplace par du tissu réutilisable ou des papiers que je recyle.

Je me débarrasse aussi des **modes d'emploi**, souvent très encombrants car multilingues : avec les références de l'objet, on les retrouve rapidement sur Internet, tout comme les notices de montage des meubles de la grande distribution. Je ne garde à portée de main que les modes d'emploi que je consulte régulièrement : par exemple celui de mon four à micro-ondes, que je n'ai pas encore bien en main.

Quant aux **factures**, je les numérise et les classe dans mon ordinateur.

• PAR OÙ COMMENCER ?

Nous accumulons beaucoup trop de papiers ! On les empile, puis on les oublie, ensuite on perd un temps infini à les rechercher, puis on est découragé par l'ampleur du tas à trier... Sans parler des factures en souffrance et parfois majorées...

Mon mantra : on n'organise pas le désordre.

Alors, avant même de penser à organiser ses papiers, commençons par **trier, traiter et jeter**. Pour cela :

- dégagez une grande table,
- regroupez tous les papiers de la maison en une grosse pile,
- affichez la liste des durées légales de conservation des papiers que vous trouverez sur le site www.service-public.fr ou en téléchargement sur ma boutique en ligne si vous préférez une version plus jolie,
- placez une corbeille à papier à portée de main.

Ne vous posez pas de question,
commencez par le premier papier de la pile.

S'il n'est pas à jeter, **créez une pile par catégorie**, par exemple :

Continuez de la même façon avec le deuxième papier, etc., jusqu'à la fin de la pile.

Bravo ! Le plus dur est fait ! Vous allez maintenant pouvoir organiser et ranger.

• CONSACRER UN ESPACE À L'ADMINISTRATIF

Pour éviter la dispersion, **dédiez un endroit aux papiers**. Il n'a pas besoin d'être grand, mais il doit quand même être équipé d'une petite table et d'une chaise confortable. Cela peut être à côté de la table de salle à manger, de la cuisine ou d'un bureau si vous avez suffisamment d'espace. En plus des boîtes de rangement – qui doivent être facilement accessibles – laissez à portée de main tout ce qu'il faut pour traiter les papiers :

- de quoi régler les factures (chéquier, ordinateur, et si vous avez la place, une imprimante/scanner) ;
- enveloppes et timbres ;
- feuilles A4/brouillons/blocs-notes/Post-it ;
- stylos, ciseaux et ruban adhésif ;
- corbeille.

Et, bien sûr, votre agenda et vos *to-do lists* !
Enfin, si c'est possible, **décorez cet espace** pour le rendre chaleureux et vous donner envie de vous y installer. N'oubliez pas que plus c'est joli, plus vous aimerez vous atteler à la tâche.

• CHOISIR SES RANGEMENTS

Pendant longtemps, j'ai utilisé des boîtes de couleur et des sous-dossiers à élastiques mais ce système me demandait **beaucoup trop de gestes** :

- ouvrir mon armoire,
- prendre la boîte de classement,
- ouvrir l'élastique,
- ouvrir la boîte,

- sortir le sous-dossier,
- ouvrir le premier élastique,
- ouvrir le second élastique,
- ouvrir le sous-dossier,
- ranger le papier…

Puis tout refaire en sens inverse !

C'était très fastidieux, alors plutôt que de faire toutes ces manipulations, je finissais par mettre mes papiers en attente, et ils s'accumulaient…

J'ai donc décidé de **revoir mon système de rangement** et j'ai opté pour des boîtes ouvertes, sans système de fermeture ; des chemises sans élastiques mais à rabats, pour que le papier ne glisse pas ; et je range le tout dans des étagères ouvertes.

Quoi que vous choisissiez, gardez en tête de limiter au maximum vos gestes pour éviter la procrastination et gagner du temps au moment du rangement.

• TESTER SON CLASSEMENT

Avant d'étiqueter joliment mes boîtes et mes chemises, j'ai pris le temps de **tester l'efficacité de mon classement** : à l'usage, certains dossiers ont changé de nom, d'autres ont été regroupés, etc. Pendant un ou deux mois, j'ai donc commencé par identifier mes boîtes et dossiers avec des Post-it.

Dès le début, en revanche, j'ai défini les couleurs des chemises pour chaque catégorie, afin de les repérer facilement.
Voici les catégories que j'ai créées :

1. MAISON

- Travaux (devis, coordonnées, etc.)
- Assurances (contrats...)
- Périscolaire (attestations...)
- Employés (contrats, soldes...)
- Eau/Gaz/Chaudière (factures, entretien...)
- Voiture (contrats...)
- Téléphonie/Internet (contrats...)

2. FAMILLE

Un sous-dossier par membre de la famille : photos de classe, diplômes (natation, premiers secours, etc.).

3. SANTÉ

- Sécurité sociale (attestations, remboursements)
- Mutuelle (contrats, remboursements)
- CAF (allocations)

- Naturopathie (conseils concernant toute la famille...)
- Un sous-dossier au nom de chaque membre de la famille avec les résultats des examens médicaux, factures d'hospitalisation, ordonnances, etc.

4. IMPÔTS

Un sous-dossier par an ou pour plusieurs années selon le nombre de papiers gardés.

5. BANQUE

- Prêt (contrats, amortissements...)
- Un sous-dossier pour chaque membre de la famille (contrats d'ouverture, etc.)

6. EMPLOI

- Un sous-dossier pour moi
- Un sous-dossier pour mon mari

Comme je suis à mon compte, tout ce qui concerne mon entreprise est dans un dossier dédié, toujours à portée de main dans mon bureau...

Bien sûr, chacun peut créer ses propres catégories et les faire varier. Par exemple, vous pouvez préférer avoir un dossier par enfant qui contiendra tout ce qui le concerne : santé, scolarité, diplômes, sports, loisirs, etc.

Glissez dans chaque boîte un petit mémo qui résume les délais de conservation des documents administratifs : une fois par an, vous pourrez alors jeter ou transformer en brouillon tout ce qui peut légalement l'être.

• ORGANISER LES DOSSIERS SUR SON ORDINATEUR

Tous les documents que je dois conserver sont **archivés dans des dossiers** sur mon ordinateur. Pour me faciliter la vie, j'ai opté strictement pour les mêmes catégories et sous-catégories que mes dossiers « papiers ». Je prends soin de renommer factures et documents avec le plus de détails possibles pour les retrouver facilement grâce à la recherche de mots-clés.

Et là aussi, une fois par an, je fais le tri et jette ce qui peut l'être.

Avec l'arrivée des appareils photos numériques puis, pire, des smartphones, nous sommes **submergés par les photos**. Ce n'est plus six photos du même événement que nous détenons, mais plusieurs dizaines !

Lorsque je les transfère sur mon ordinateur, après chaque période de vacances ou chaque événement (mariage, baptême, etc.), je les range dans un dossier. Puis je crée immédiatement un nouveau dossier dans lequel je ne conserve que les quelques photos les plus belles ou les plus évocatrices de souvenirs. Une fois ce tri effectué, je jette le dossier initial. Et j'espère un jour pouvoir me libérer assez de temps pour faire imprimer des albums que les enfants prendront plaisir à feuilleter !

• TRIER ET TRAITER LES MAILS

De nos jours, plus que l'afflux de papiers, c'est l'**amoncellement des mails** qui peut poser problème. Ainsi, quand je reviens de vacances, je suis submergée par plusieurs centaines de messages. Voici comment je m'y attelle :

- Je traite immédiatement ce qui me demande moins de cinq minutes.
- Je ne les archive que si c'est vraiment nécessaire, sinon, je les supprime.

- Je laisse les messages lus mais non traités dans ma boîte de réception pour ne pas les oublier.
- Je supprime directement les spams et en profite pour créer des exclusions ou pour me désabonner des newsletters que je ne lis pas.
- Je me crée une routine quotidienne pour résorber le retard accumulé durant les vacances.
- Je crée des règles de tri par expéditeur et par dossier.
- Je fais le tri dans mes archives au moins une fois par an.

Essayez de créer **le moins de dossiers possibles** pour vos archives. Côté perso, je n'ai qu'un seul dossier nommé « Archives » qui regroupe toutes les archives de mes boîtes mails personnelles.

Côté pro, je n'ai que trois dossiers :

- « Archives » (j'y garde tous mes échanges clients de l'année) ;
- « Pro » (j'y garde tous mes échanges professionnels de l'année) ;
- « Administratif » (j'y garde, pour une durée indéterminée, tous les messages qui servent à ma comptabilité : factures, bilans, décomptes…).

Il est tellement facile de retrouver un mail grâce à des mots-clés qu'il vaut mieux éviter de se disperser avec de multiples dossiers.

happy
day!

FAMILLE
MAISON
SANTÉ
IMPÔTS
BANQUE
TRAVAUX
ASSURANCES
PÉRISCOLAIRE
EAU/GAZ/CHAUDIÈRE
VOITURE
TÉLÉPHONE/INTERNET

LA VIE DE FAMILLE

S'ACCORDER EN COUPLE

Trouver l'harmonie au sein de notre couple est pour moi la base de toute notre organisation.

Il y a quelques années, nous avons essuyé une grosse tempête. Mon mari était très souvent en déplacement, je gérais donc, seule et enceinte, les enfants et la maison. Lorsqu'il rentrait, j'avais besoin qu'il coupe totalement avec son travail. Mais sa conscience professionnelle le poussait à régler les problèmes de sa société à n'importe quelle heure. Si bien que, malgré son aide dans les tâches quotidiennes, la situation est vite devenue intenable pour moi.

L'incompréhension, la fatigue et le manque de communication m'ont poussée à me renfermer sur moi-même ; mon mari, lui, s'est réfugié dans son travail. En quelques mois à peine, nous étions tous deux au bord de la dépression.

C'est en sortant progressivement de cette crise que nous avons pris conscience que le couple était le ciment de notre famille. Depuis, mon mari et moi avons à cœur de préserver le lien qui nous unit, de prendre le temps de communiquer et de trouver un bon équilibre entre nous. Et cela passe aussi par une bonne organisation !

• COMMUNIQUER POUR S'ÉPANOUIR

Nous mettons un point d'honneur à beaucoup communiquer sur l'**équilibre entre notre vie professionnelle et notre vie personnelle.**

Lorsque j'ai rencontré mon mari, il n'aimait pas spécialement la branche vers laquelle il s'était tourné. J'ai toujours pensé que, pour que nous puissions avoir un bon équilibre à la maison, il fallait qu'il soit **épanoui** dans son travail. Bien que cela m'ait demandé quelques concessions – notamment au niveau de ses horaires et de ses déplacements –, je l'ai poussé à s'orienter vers un milieu qui l'attirait ! Et cela fait désormais plus de quinze ans qu'il s'éclate dans son métier…

Quant à moi, j'ai toujours rêvé de me marier, d'avoir des enfants et d'être mère au foyer. Mon mari me soutenait dans ce choix de vie, tout en étant persuadé que je pourrais sans doute m'épanouir dans un travail lié à mes études de graphiste. Puis j'ai créé *Mon Petit Organisateur de Vie*, pour mes propres besoins, et j'ai commencé à le diffuser. C'est comme ça que, de fil en aiguille, je suis devenue « mompreneuse » : un vrai challenge au quotidien. Mais je peux compter sur le **soutien indéfectible** de mon mari, qui m'encourage, me rassure, me conseille… et prend de plus en plus de responsabilités à la maison, au fur et à mesure que mon entreprise grandit !

S'accorder du temps pour faire le point sur ses choix de vie respectifs, ses besoins, ses aspirations... est la clé, selon moi, d'un bon équilibre dans le couple.

L'expérience nous a montré que, **s'il est très important d'être heureux dans son travail, cela ne doit pas se faire au détriment de notre vie familiale**, dont l'épanouissement est l'une de nos priorités : désormais, nous sommes très vigilants et nous échangeons régulièrement sur ce point. Les voyages de mon mari me pèsent ? La gestion de ma société envahit notre quotidien ? Nous n'hésitons pas à nous le dire franchement.

Lorsqu'une dispute éclate, plutôt que de dire, sous l'effet de la colère, des choses que nous regretterions, nous prévoyons le lendemain ou quelques jours plus tard, un moment où nous aborderons le sujet qui fâche, au calme et à tête reposée, en exprimant chacun à notre tour nos sentiments et en écoutant l'autre, sans l'interrompre.

Mieux vaut fixer une date pour parler d'un problème plutôt que d'essayer de le résoudre à chaud.

• CONSOLIDER LES BASES DU FOYER

Lorsque nous sommes submergés par le quotidien, les soucis, les enfants ou le travail, il n'est pas toujours évident de penser à notre couple, d'avoir l'énergie pour l'entretenir et conserver la magie des débuts. Nous trouvons souvent des excuses pour repousser ces retrouvailles – trop de travail, des enfants en bas âge, une maison à ranger… Pourtant, il est essentiel de **consacrer du temps à cette relation**, d'entretenir l'amour et la complicité avec la personne avec laquelle nous avons décidé de construire cette vie à deux.

Dans cette optique, avec mon mari, nous planifions au moins une fois par an un **week-end en amoureux**, voire plus selon ce que nos emplois du temps et nos finances nous permettent. L'idée n'étant pas forcément de partir loin, mais simplement de souffler, de se ressourcer, d'avoir une vie sans horaires et sans contraintes, de faire la grasse matinée et de se décharger de nos responsabilités de parents.

Régulièrement, nous nous fixons également des petits **tête-à-tête en amoureux** qui permettent de **casser la monotonie du quotidien** tout en entretenant la relation :

- un dîner aux chandelles (en alternant une fois sur deux celui ou celle qui prépare le dîner),

- un apéro à la belle étoile (même s'il neige, emmitouflés sous un gros plaid, ça rapproche),

- une sortie détente, culturelle, sportive…,

- un jeu (de société, de rôles…),

- une balade (pourquoi ne pas se fixer un nombre de pas et voir où cela vous mène?)…

En prévoyant ces temps pour notre couple, nous nous assurons le minimum de carburant nécessaire pour le faire avancer.

Cela peut paraître paradoxal,
mais c'est justement en ancrant ces routines
dans notre quotidien que nous rompons
avec les habitudes… du quotidien !

La base d'un foyer solide passe aussi par ce dont chacun de nous a besoin :

- de temps pour soi ;
- de se consacrer à ses passions ;
- de passer du temps avec ses amis ;
- de faire du sport.

Pour que ce soit possible, nous prévoyons régulièrement **une soirée « sortie »** consacrée à l'invitation d'amis à la maison, à une soirée chacun de son côté, à une activité sportive. Peu importe !

L'essentiel est d'avoir un moment prévu dans l'emploi du temps pour que chacun puisse s'épanouir.

L'idéal est de **fixer un jour défini dans la semaine** pour ces moments à deux ou vos besoins personnels. Par exemple, tous les jeudis soir pourraient être consacrés à votre couple et un vendredi sur deux à vos sorties avec vos amis respectifs. Ainsi, au même titre qu'un cours de sport, vous organiserez votre agenda autour de cette routine pour **en faire une priorité**.

Bien sûr, certains rendez-vous pourront être annulés pour cause d'imprévu. Mais, logiquement, si nous programmons **un rendez-vous par semaine** (soit 52 dans l'année), cela aura moins d'incidences sur notre couple que si l'unique week-end planifié sur douze mois ne peut pas avoir lieu.

Lorsque les enfants sont petits et qu'il est difficile de les faire garder, ces rendez-vous peuvent être compliqués à organiser. Il faut donc ruser et faire preuve d'**un peu d'imagination**.

Vous pouvez par exemple :

- dresser une jolie table au milieu des jouets (si vous ne pouvez pas aller dans un lieu romantique, alors faites en sorte que le romantisme du lieu vienne à vous !),

- ou prendre la décision que tel jour de la semaine, vous décalez la routine du soir pour coucher les enfants une heure plus tôt !

Lorsque les enfants sont plus grands, ils peuvent comprendre sans peine que, tout comme vous leur consacrez individuellement du temps, vous avez aussi besoin de moments en amoureux, pour vous consacrer l'un à l'autre.

• SYNCHRONISER SES AGENDAS

Pour que chacun puisse effectuer son travail correctement et réaliser ses rêves, il est important de prendre le temps de mettre à plat l'organisation de nos agendas respectifs.

C'est pourquoi, chaque dimanche soir, nous prenons nos agendas et faisons le point sur :

- les **rendez-vous** à venir (perso, pro, familiaux…) ;
- les **projets** (organisation des week-ends, des vacances…) ;
- les **déplacements** et impératifs de chacun.

Les **agendas partagés en ligne** peuvent être très pratiques mais ne se suffisent pas à eux-mêmes. En effet, le risque est d'imposer ses contraintes sans prendre en compte les désirs de l'autre. Ce n'est pas parce que ce créneau est libre qu'il peut être rempli.

Quand on vit en couple, il est important de prendre l'autre en considération au moment de ses prises de rendez-vous.

• ACCEPTER D'ÊTRE DIFFÉRENTS

Nous sommes deux êtres différents par nature, bien sûr, mais aussi par nos caractères, notre éducation et notre culture puisque mon mari est franco-américain.

Nous savons que le couple parfait n'existe pas, et le nôtre ne fait pas exception : nous devons donc sans cesse trouver des ajustements, des solutions pour vivre à deux, en harmonie, et dans le respect des besoins de chacun. Avec une règle immuable que nous nous sommes fixée : on ne peut pas et on ne doit pas changer l'autre...

Nous nous laissons libres d'évoluer chacun à notre propre rythme.

À force d'expériences, d'échecs mais aussi de succès, j'ai pris conscience que ce qui peut paraître évident à l'un ne l'est pas toujours pour l'autre. Et que mes besoins ne sont pas les mêmes que ceux de mon conjoint. Tout est une question de **dosage**, de **communication** et de **patience** !

Quand je change mes habitudes, par exemple en matière de tri sélectif ou d'usage de produits d'entretien alternatifs, j'ai remarqué que ce n'est pas en essayant d'imposer mes idées à mon mari qu'il va les adopter. J'essaie plutôt de lui expliquer mes choix en montrant l'exemple ; à lui de voir petit à petit s'il a envie de les suivre. J'apprends aussi à modérer mes exigences envers les autres pour prendre en compte leur personnalité.

Ce n'est pas toujours facile, mais votre moitié a elle aussi le droit de tâtonner, de se tromper, de recommencer, d'apprendre.

Avant, lorsque je partais en déplacement, j'angoissais à l'idée que mon mari gère les enfants et la maison d'une façon très différente de la mienne. Désormais, **je lâche prise** et me concentre sur l'essentiel : j'ai pu partir ! Et ça, c'est bien grâce à lui et au fait qu'il prenne en charge seul l'organisation de notre foyer.

• PARTAGER LES TÂCHES AU QUOTIDIEN

Un **juste partage des tâches** permet de maintenir l'équilibre dans notre couple. Plutôt qu'un strict partage à 50/50 – que de toute façon nous n'arriverions pas à mettre en œuvre –, nous essayons plutôt de trouver un équilibre de manière à ce qu'**aucun de nous ne subisse** ces tâches.

Par exemple, c'est mon mari qui :

- s'occupe du linge,
- gère les enfants le matin,
- promène le chien,
- sort les poubelles,
- fait les repas du week-end.

Et moi, je :

- m'occupe des enfants midis et soirs,
- gère les devoirs,
- prend en charge l'administratif de la maison,
- effectue le petit bricolage,
- et m'investis dans la vie scolaire ou associative.

Chacun de nous fait ce qui le dérange le moins et ce qui correspond à ses désirs et ses besoins. Cela peut bien sûr varier selon les moments, le travail et les activités de chacun.

DONNER UNE ORGANISATION AUX ENFANTS

Donner une organisation aux enfants est à mes yeux primordial au quotidien. Premièrement, je ne suis pas une machine. Je ne peux donc pas physiquement gérer les affaires de toute la famille ni penser à la place de chacun.

Deuxièmement, rendre les enfants autonomes, les responsabiliser est une vraie chance pour eux. Lorsqu'ils prendront leur envol, ils sauront mieux se débrouiller et faire face aux difficultés.

On pense souvent à tort qu'on gagne du temps en faisant à leur place. Or, je suis convaincue du contraire. Dès la crèche, j'ai toujours laissé mes enfants faire tout seuls, selon leurs capacités, attendant durant de longues minutes qu'ils parviennent à se préparer. En fin de maternelle, ils étaient parfaitement autonomes et je n'avais plus besoin d'attendre. Non seulement je gagnais du temps mais aussi de la sérénité !

La plupart des parents aimeraient de tout leur cœur que leur enfant fasse seul. Pour y parvenir, posez les limites de ce que vous ne ferez pas pour eux, et faites preuve, dans les premiers temps, de beaucoup de patience.

• LEUR APPRENDRE À ÊTRE AUTONOMES

L'apprentissage de l'autonomie est fondamental dans l'éducation que je donne à mes enfants.

Je les encourage sans cesse à essayer de faire eux-mêmes. Et ils sont tellement fiers quand ils y parviennent !

Il n'y a pas d'âge pour apprendre.
Tout dépend de chaque enfant.

Les enfants peuvent commencer à devenir autonomes très jeunes. Dès qu'ils tiennent assis, on peut leur apprendre à ranger les jeux dans une boîte ou à tirer sur leurs chaussettes pour les enlever tout seuls.

J'essaie de décomposer chaque apprentissage en **trois étapes** :

- je lui montre comment faire,
- je fais avec lui,
- je le laisse faire tout seul.

S'il n'y arrive pas, je laisse passer un peu de temps et je recommence plus tard.

Une fois le geste acquis, je laisse l'enfant le réaliser à chaque fois afin de l'intégrer dans ses habitudes et que je n'aie plus à le faire pour lui.

Leur autonomie me permet de **gagner beaucoup de temps et d'alléger mon quotidien** déjà bien rempli. Heureusement, par exemple, qu'ils ont appris à rentrer seuls de l'école. Car, lorsque mes quatre enfants se sont retrouvés dans quatre établissements différents, je ne sais pas comment j'aurais fait s'ils n'avaient pas été autonomes !

Lorsque mes enfants essaient d'abuser d'une situation, je ne rentre pas dans leur jeu. Je leur explique simplement **les conséquences de leurs actes** : à eux de mesurer s'ils les acceptent ou pas.

Ainsi, pendant longtemps, selon que c'était mon mari ou moi qui allions réveiller l'un de nos enfants, il adoptait un comportement différent. Avec son père, il râlait et refusait de s'habiller tout seul, alors qu'il savait très bien le faire. Mon mari devait donc lui consacrer de longues minutes pour l'aider à mettre ses vêtements, tout en supportant ses ronchonnements.

Avec moi, il savait qu'une fois réveillé, je ne reviendrais pas dans sa chambre pour le motiver et l'aider à s'habiller.

Je lui rappelais simplement l'heure régulièrement. Son comportement n'avait aucune emprise sur moi : il savait que s'il ne s'habillait pas, il irait à l'école en pyjama et sans avoir pris de petit déjeuner. Dès que mon mari a cessé de rentrer dans son jeu, il s'est habillé tout seul tous les matins !

• LES RESPONSABILISER

Dès le plus jeune âge, je les sensibilise aussi au fait que **chacun est responsable de ses affaires**.

Par exemple, ils ont appris :

- à préparer leurs affaires la veille – vêtements et cartable bien sûr, mais aussi, dès la maternelle, tenue de sport ou de piscine, etc.

- à porter eux-mêmes leur cartable ou leur sac de crèche,

- à préparer leur pique-nique pour une sortie,

- à se demander au moment de franchir la porte : « *Quel jour sommes-nous ? Que se passe-t-il aujourd'hui ? Est-ce que j'ai tout ce qu'il me faut ?* »,

- à mettre leur linge dans les bons bacs de tri,

- à prendre soin de leur chambre et de leurs affaires d'école.

Je les sensibilise à l'idée de recyclage en leur montrant par exemple que, s'ils prennent soin de leurs affaires, une fois trop petites, elles peuvent servir à d'autres.

À mon sens, les oublis ne sont pas des fatalités mais des apprentissages. En effet, si certains enfants peuvent, par exemple, être peu affectés par l'oubli de leur sac de sport en trouvant des moyens d'y remédier, d'autres en seront si affligés qu'ils n'oublieront plus jamais leurs affaires ! Chacun se forge ainsi **sa propre personnalité**. Les premiers développeront une capacité d'adaptation, les seconds une méthode pour ne rien oublier.

Pour les aider à devenir responsables, en ce qui concerne plus précisément le **rangement des jeux et des jouets** de leur chambre, j'alterne plusieurs méthodes pour les motiver :

1. L'ATTACHEMENT AUX JEUX

« Si tes Lego/Playmobil/briques/feutres... ne sont pas rangés, ils risquent fort d'être avalés par l'aspirateur demain matin. Comment vas-tu construire ton château s'il manque une pièce pour la tour, faire rouler ta petite voiture sans ses roues arrière, dessiner une couronne dorée si le crayon jaune a été aspiré ? »

2. LE GOÛT DES DÉFIS

« Mets-toi en mode *Super Sonic* et moi, je te chronomètre pour voir si tu arrives à ranger ta chambre en moins de 10 minutes... »

3. LA CONSÉQUENCE DE LEURS ACTES

« Si je ne peux pas accéder à ton lit, je ne pourrai pas venir jusqu'à toi pour te lire une histoire ce soir. »

4. LA SIMPLIFICATION

Je leur ai procuré des caisses et des contenants adaptés pour trier facilement : une caisse pour les voitures, une pour les Playmobil, une autre pour toutes les poupées et leurs accessoires, etc. Je ne cherche pas à ce que tout soit aligné au cordeau, mais je ne veux rien qui traîne au sol ou sur les meubles. L'objectif est de faciliter le nettoyage des chambres.

5. LA MÉTHODE

« Si tu ne sais pas par où commencer c'est simple : tu vois un objet, tu le ranges, tu vois un autre objet, tu le ranges. » Éventuellement, pour les plus petits, c'est moi qui leur tends l'objet et eux qui le rangent. Et comme chaque objet possède sa caisse de destination, c'est vraiment très rapide.

• LES FAIRE PARTICIPER AUX TÂCHES

Je trouve important de faire prendre conscience aux enfants que nous sommes une équipe, que nous effectuons tous des tâches qui peuvent nous peser, mais que nous les accomplissons quand même pour le bien de la communauté.

Ainsi, très tôt également, les enfants peuvent commencer à aider aux tâches de la maison. Il y a plusieurs années, nous avions instauré et affiché des **tours de service** adaptés à leurs capacités. Chacun avait choisi son jour en fonction de son emploi du temps : je ne leur avais pas imposé, et ils étaient ainsi responsables de leur choix.

Tous les midis et tous les soirs, l'un d'eux devait donc :

- mettre la table,
- la nettoyer,
- passer le balai.

Chacun débarrassait ses propres couverts et les rangeait dans le lave-vaisselle.

Ce système fonctionnait très bien mais, avec le temps, j'ai eu envie que cela se fasse plus naturellement. Mes enfants sont tous différents. Et, comme tout le monde, il y a certaines choses qu'ils aiment faire et d'autres pas. En conséquence, désormais, **chacun est sollicité pour m'aider selon ses goûts et ses préférences**, pour que cela reste un plaisir et non une corvée. J'ai même remarqué que, lorsque je ne m'en mêlais pas, ils trouvaient entre eux des arrangements en fonction de leur appétence pour telle ou telle tâche.
Ainsi :

- mon aînée aime préparer de jolies tables bien décorées, c'est donc souvent elle qui prend cette tâche en main, et qui donne à manger au chien ;

- la deuxième adore s'occuper de sa petite sœur, c'est donc elle qui l'aide à prendre sa douche et qui veille à ce qu'elle effectue sa routine, et elle préfère balader le chien ;

- mon troisième est un grand fan du balai et du pschitt magique et se porte donc souvent volontaire pour le nettoyage de la cuisine en fin de repas ou pour passer l'aspirateur et ramasser les crottes dans le jardin ;

- quant à la dernière, elle est ravie d'essayer de faire « tout comme les grands ». Elle range donc sa chambre et essaie d'être la plus autonome possible, et elle adore m'aider en cuisine et brosser le chien.

Pas question bien sûr de tout déléguer aux enfants ! Nous, les parents, nous efforçons de leur apprendre à rendre service tout en préservant leur vie d'enfant. Par exemple, le repassage n'est pas encore au programme !

Je prône aussi l'entraide entre frères et sœurs : je trouve très beau ces moments où les plus grands aident les plus petits à grandir en partageant leurs compétences.

• METTRE EN PLACE DES ROUTINES

Pour les aider à être autonomes, j'ai mis en place des fiches « routines » que j'ai créées et qui sont disponibles sur ma boutique en ligne, pour tous les moments de la journée : cela leur donne des **automatismes** dont je n'ai plus à m'occuper. Mais vous pouvez bien sûr créer vos propres outils… en faisant participer les enfants !
Par exemple, pour les plus petits qui ne savent pas lire, je vous invite fortement à leur faire dessiner la routine ou à coller des images évocatrices tirées d'Internet pour qu'ils se repèrent plus facilement.

Dès le plus jeune âge, ils ont donc disposé de fiches pour leurs routines :

1. LE MATIN

Dire bonjour, faire son lit, mettre son pyjama sous l'oreiller, s'habiller de la tête aux pieds, prendre son petit déjeuner et le débarrasser, se laver les dents et le visage.

2. AU RETOUR D'ÉCOLE

Ranger ses affaires dans le placard, se laver les mains, prendre son goûter et débarrasser, faire ses devoirs, préparer son cartable pour le lendemain, et enfin : jouer.

3. LE SOIR

Ranger vite fait sa chambre, préparer ses vêtements du lendemain, prendre son bain, ranger sa serviette, se mettre en pyjama avec des chaussons…

4. AU COUCHER

Mettre la table, dîner et débarrasser, se laver les dents, laver le lavabo, aller aux toilettes, lire une histoire, dire bonsoir.

Grâce à ces routines, je n'ai pas à les poursuivre pour leur demander de faire telle ou telle chose.

J'ai juste à lancer la routine et je suis beaucoup plus zen !

Parfois, je leur demande : « Tu en es où de ta fiche ? » Ils n'ont pas à me répondre mais ça les incite à aller vérifier qu'ils ont tout fait. De plus, cela leur permet de prendre l'habitude d'enchaîner tout ce qu'ils ont à faire jusqu'à ce que cela devienne un automatisme. Ainsi, le lavage de dents vient naturellement après le repas.

• ENCOURAGER LES EFFORTS

Pour encourager les enfants à être autonomes et responsables, et sur le même principe que celui proposé dans leur école, j'ai instauré un **système de bons points** : ils en reçoivent dès qu'ils réalisent quelque chose qui leur a demandé un effort ou du temps, et sans que je le leur ai demandé.

Chaque bon point acquis ne peut être enlevé mais, en cas de grosse bêtise, une croix bloque l'avancement. Seule une bonne action vient l'effacer.

Au bout de dix bons points, ils ont une récompense du type : « Un dîner seul avec papa et maman » ou « Choisir le prochain film qu'on regardera en famille », etc.

Inutile d'imaginer des choses incroyables ! Les récompenses peuvent même être inventées conjointement par l'enfant et vous. Une fois le joker atteint, on efface les dix bons points et on recommence.

Pour les motiver à avoir **une attitude positive**, et pour nous permettre de communiquer, surtout avec des enfants qui s'expriment peu, j'ai créé des petites fiches de « suivi de bienveillance » sur lesquelles ils s'auto-évaluent sur les points suivants :

- la joie (l'humeur),
- l'entraide (les services rendus),
- la gentillesse (les petites attentions aux autres),
- le calme (le respect des autres et du bien-être de la famille).

Ils utilisent des feux tricolores – rouge, orange, vert – pour évaluer chaque point.

Ainsi, lorsque la journée de mon fils s'est retrouvée remplie d'orange et de rouge, je lui ai demandé ce qu'il s'était passé pour que ça soit si difficile. Il m'a raconté qu'il avait été l'objet de moqueries à l'école et qu'il en était très affecté. J'ai pu en discuter avec lui, le consoler, le rassurer. Mon fils étant très secret, j'aurais, sans ce suivi, mis plusieurs jours à m'en rendre compte, et il aurait été plus longtemps mal dans sa peau.

• FAIRE CONFIANCE

Je ne peux pas conclure ce chapitre sur les enfants sans évoquer ce qui constitue, à mon sens, la base de toute éducation : la **confiance**. Leur autonomie découle directement de la confiance que j'ai en eux.

Je reconnais que, parfois, ce n'est pas évident et que cela peut être une source d'angoisse, comme les premières fois qu'ils rentrent seuls de l'école. J'apprends à lâcher prise !

Plus je leur accorde ma confiance,
plus ils ont confiance en eux-mêmes,
et plus ils deviennent autonomes et responsables.

La confiance passe évidemment par l'**absence de mensonge**. Rien de pire pour perdre toute crédibilité que de jurer à un enfant qu'il n'aura plus jamais de cadeaux de Noël ou qu'on va l'abandonner sur place, alors que c'est quelque chose qui n'arrivera jamais.

Ainsi, sachant que je ne lui mens pas, lorsque j'explique à mon enfant que s'il ne prend pas ses responsabilités pour être habillé à l'heure, je l'emmènerai à l'école en pyjama, il sait que ce n'est pas une parole en l'air et que j'en suis parfaitement capable !

En tant que parent, nous nous devons de montrer l'exemple et nous nous efforçons de ne jamais leur mentir afin qu'ils aient une totale confiance en nous.

L'inverse est également vrai. Aussi, je réagis différemment lorsque mes enfants font une bêtise et lorsqu'ils me mentent :

- Pour une étourderie, je m'efforce de ne pas les gronder mais je leur demande directement de la réparer.

- Lorsqu'ils me mentent, en revanche, je lève un peu le ton et surtout je leur explique que le mensonge est bien plus grave que l'action en elle-même.

Je vois que cela fonctionne plutôt bien : les mensonges sont très rares et ils osent me dire ce qu'ils ont fait car ils n'ont pas peur de se faire gronder. Cela nous permet alors d'avoir un vrai dialogue.

Qu'est-ce qu'on mange ?
C'est sur le frigoooo
PÂTES SAUCE NAPOLITAINE ET CHAMPIGNONS

PLANIFIER LES REPAS

La gestion des repas est un thème qui me tient à cœur. Avec six personnes dans notre foyer et des emplois du temps variables, cela pourrait évidemment encombrer ma charge mentale et grever notre budget. Mais, grâce à une organisation pointue, ce n'est pas le cas.

Mes enfants prennent tous leurs repas à la maison et ne vont à la cantine qu'une à deux fois par semaine. J'opte donc pour des repas la plupart du temps très simples et qui nécessitent peu de préparation : souvent une simple cuisson à la poêle, à la casserole ou dans mon robot.

Je favorise également au maximum les fruits et légumes frais du marché local. Et j'ai mis en place une organisation pour me décharger au maximum de la corvée des menus et des courses grâce au supermarché mensuel.

• FAIRE UN PLEIN DE COURSES MENSUEL

Si je vais au marché une fois par semaine pour le plaisir d'échanger avec mes commerçants de quartier, en revanche je n'aime pas aller au supermarché. Je n'y vais donc qu'une fois par mois. Mon secret pour arriver à limiter cette corvée ? L'élaboration précise de mes menus et de mes listes de courses.

Faire mes courses pour un mois me permet de faire **beaucoup d'économies**.

1. ÉCONOMIES D'ARGENT

Je ne me disperse pas dans les rayons : le caddie est déjà suffisamment plein et lourd pour que je n'achète rien de superflu ! Faites le calcul : si, à chaque fois que vous allez au supermarché, vous craquez sur quelque chose qui n'est pas sur votre liste, alors en ne faisant plus qu'une session de courses au lieu de quatre, vous diminuerez aussi par quatre le « hors budget ».

2. ÉCONOMIES DE TEMPS

Il me faut environ trois heures entre la préparation de mes courses et mon aller-retour au supermarché. Soit **une matinée**, rangement compris, pour quatre semaines de repas.

Alors que si je faisais mes courses chaque semaine, deux heures hebdomadaires seraient nécessaires : trente minutes de préparation des menus et des listes, l'aller-retour au supermarché, le temps des courses, l'attente en caisse, et le déchargement-rangement à la maison…

3. ÉCONOMIES D'ÉNERGIE

Ma charge mentale est libérée pendant quatre semaines ! Un mois pendant lequel je ne pense pas aux courses, aux menus, au prix au kilo, au rangement qui suit…

Tant que je le peux, j'évite également de **faire les courses avec les enfants**, car ils me font perdre justement :

- de l'argent, en me demandant toujours des choses qui ne sont pas sur la liste,

- du temps, car ils me ralentissent dans les rayons et me déconcentrent en me posant des questions,

- et beaucoup d'énergie ; non seulement le caddie est plus difficile à pousser quand ils sont dedans, mais en plus ils alourdissent considérablement ma charge mentale à force de sollicitations !

• ET LE *DRIVE* ?

On me demande souvent pourquoi je n'ai jamais opté pour le *drive*… Ce n'est pas faute d'avoir essayé ! Cependant, je n'ai pas trouvé que cela me faisait gagner du temps ni que cela augmentait mon bien-être. En effet, je passais beaucoup d'heures à trouver les produits via la barre de recherche, alors que je connais les rayons de mon supermarché sur le bout des doigts. De plus, en magasin « physique », je consomme **plus raisonnablement**, car il est beaucoup simple de comparer les prix au kilo, et je peux dénicher facilement les promotions et les « dates de péremption proches ».

De plus, le **stock** n'est pas toujours à jour entre le site et le magasin. Dans ce cas, de deux choses l'une :

1. soit j'ai coché l'option « Remplacer par un produit équivalent », et je me retrouve avec des marques moins qualitatives ou que je n'aime pas ;

2. soit je n'ai pas coché cette option, et je suis obligée de courir dans une supérette pour compléter mes courses. Quelle perte de temps !

Et puis j'aime la **proximité** avec les gens, dire bonjour aux employés, discuter avec la caissière…

Enfin, on m'a proposé des **abonnements en ligne** pour, par exemple, recevoir chaque mois X kilos de pâtes ou X dentifrices par an... Mais je ne stocke jamais beaucoup pour éviter l'encombrement et la péremption – donc le gâchis – des produits. Je préfère acheter en fonction de nos **besoins réels**.

• PRÉVOIR SES MENUS ET SES LISTES POUR LE MOIS

Prévoir mes menus sur un mois me permet de varier les repas, de ne plus avoir à y penser midi et soir et de faire des économies car j'achète « en gros ».

Pour satisfaire les goûts et les gourmandises de chacun, nous avons créé une « liste type » avec les enfants sur laquelle nous avons écrit leurs idées pour les entrées, les plats, les accompagnements et les desserts qui leur faisaient envie.

Bien sûr, cette liste évolue en fonction de la saison, de nos goûts, de nos découvertes, de nos envies du moment, etc.

Avec cette base, j'élabore **un mois de menus pour les déjeuners et les dîners**. Je commence par rayer les jours où les enfants ne déjeunent pas à la maison pour ne pas gâcher ni faire des menus pour rien, et je prévois une ou deux **soirées « restes »** en fin de semaine.

J'essaye toujours de préparer des menus **équilibrés**, avec tout ce qu'il faut comme crudités, légumes, féculents, viande ou poisson, laitages et fruits répartis entre le déjeuner et le dîner.

Mon mot d'ordre : manger de tout, en petite quantité.

Lorsque je crée mes menus, je commence par répartir un type d'aliment sur tout le mois, puis un autre et ainsi de suite. Cela me permet de varier les repas selon les semaines.

Par exemple, je répartis sur quatre semaines :

- une crudité de saison chaque midi,
- puis des légumes et féculents à chaque repas,
- je complète par une source de protéines (viande, poisson, œuf...),
- j'ajoute un produit laitier, de façon facultative puisqu'en général ils en ont déjà au petit déjeuner,

- enfin, des fruits à chaque repas. Ils peuvent en consommer à tout moment de la journée, mais en les prévoyant, je suis sûre d'avoir ce qu'il faut.

Enfin, je n'oublie pas les **goûters** : je prévois de quoi faire un ou deux gâteaux maison par semaine et stocke brioches, céréales ou pain à tartiner pour les autres jours.

Pour conserver de la variété sur un mois, j'alterne :

- le mode de **coupe** (râpé, coupé, entier, en rondelles, écrasé, émincé...),

- le mode de **cuisson** (à la poêle, à la vapeur, au four, en gratin, en quiche...),

- et les **assortiments** (par exemple : les tomates sont servies avec, alternativement, de la feta, des échalotes, de la mozzarella, de l'avocat, des olives, du basilic...).

Je précise que je ne suis pas nutritionniste : n'hésitez pas à vous rapprocher d'un professionnel compétent pour élaborer vos menus.

Une fois les menus établis, je porte les ingrédients manquants sur la **liste de courses préremplie** que j'ai créée dans *Mon Petit Organisateur de Vie* et sur laquelle j'ai laissé des lignes vierges.

LÉGUMES
- __ Ail
- __ Échalotes
- __ Oignons
- __ P. de Terre
- __ Carottes
- __ Tomates
- __ ____________
- __ ____________
- __ ____________

FRUITS
- __ Pommes
- __ Bananes
- __ Poires
- __ Citrons
- __ ____________
- __ ____________
- __ ____________
- __ ____________

BOISSONS
- __ Eau
- __ Gazeuse
- __ Soda
- __ Apéritifs
- __ Jus de ...
- __ ____________
- __ ____________
- __ ____________

CRÈMERIE
- __ Lait
- __ Œufs
- __ Beurre
- __ Crème
- __ Fromage
- __ Râpé
- __ Yaourts
- __ Pâte F B S
- __ ____________
- __ ____________

VIANDE/ POISSON
- __ Jambon
- __ Lardons
- __ Saucisses
- __ Poulet
- __ Crabe
- __ Saumon
- __ ____________
- __ ____________
- __ ____________

SURGELÉS
- __ Pizzas
- __ Glaces
- __ ____________
- __ ____________
- __ ____________
- __ ____________
- __ ____________

ÉPICERIE SUCRÉE
- __ Sucre
- __ Farine
- __ Chocolat
- __ Pâte à tart.
- __ Confiture
- __ Miel
- __ Café
- __ Thé
- __ Céréales
- __ Biscuits
- __ Avoine
- __ Vanille
- __ Fruits secs
- __ en sirop
- __ ____________
- __ ____________
- __ ____________

ÉPICERIE SALÉE
- __ Pâtes
- __ Riz
- __ Purée
- __ Semoule
- __ Lentilles
- __ Soupe
- __ Sel
- __ Poivre
- __ Huile de ...
- __ Vinaigre ...
- __ Sauce ...
- __ Bouillon de ...
- __ Épices ...
- __ ____________

BOULANGERIE
- __ Pain
- __ de mie
- __ Brioche
- __ Levure
- __ ____________
- __ ____________

BÉBÉ
- __ Couches
- __ Lait
- __ Compote
- __ Petits pots
- __ Coton
- __ Sérum
- __ ____________
- __ ____________

MAISON
- __ Colle
- __ Adhésif
- __ Agrafes
- __ Crayon
- __ Serviettes
- __ Piles
- __ Bougies
- __ Ampoules
- __ Timbres / Enveloppes
- __ ____________

ANIMAUX
- __ Croquettes
- __ Litière
- __ ____________
- __ ____________

ENTRETIEN
- __ Vaisselle
- __ Sol
- __ Vitres
- __ WC
- __ Lessive
- __ Laine
- __ Sel
- __ Li. rinçage
- __ Anti-cal.
- __ Javel
- __ Sac poub.
- __ Sac aspi.
- __ Éponges
- __ Essuie-tout
- __ Film
- __ Papier alu.
- __ Papier sulfurisé
- __ ____________

HYGIÈNE
- __ P. toilette
- __ Mouchoir
- __ Savon
- __ Gel douche
- __ Démêlant
- __ Shampoing
- __ Gel
- __ Déodorant
- __ B. à dents
- __ Dentifrice
- __ Rasoir
- __ Lames
- __ Mousse
- __ Crème
- __ Protections hygiéniques
- __ ____________
- __ ____________

Avant d'aller au supermarché, je fais un rapide **examen de mes stocks**, liste de courses en main, et je n'ai plus qu'à cocher ce qui manque et à préciser les quantités nécessaires. Je détache ensuite ma feuille pour pouvoir l'emporter et l'accrocher au caddie.

Enfin, je vais tout de même une fois par semaine au marché pour y acheter des **fruits et légumes frais** et compléter en fin de mois ce qui me manque en crèmerie etc.

• GÉRER LE FRAIS

En faisant mes courses une fois par mois se pose souvent la question des Dates limites de consommation (DLC). J'y fais bien sûr attention, sans me mettre non plus la pression : par exemple, une crème dessert qui a une DLC d'un mois peut bien attendre quelques jours de plus. Je me fie à mon instinct, à mon odorat et à ma vue !

1. POUR LES VIANDES

Je reste vigilante et sais que je pourrai les consommer dans un maximum de deux semaines après mon plein au supermarché. J'en congèle donc immédiatement pour les semaines suivantes.

2. POUR LES FROMAGES, YAOURTS ET CRÈMES DESSERT

J'en achète une moitié avec des DLC d'un mois, que je place au fond du réfrigérateur, et l'autre moitié avec des DLC courtes, que je range au premier rang. J'achète mon fromage râpé en gros paquets d'un kilo que je congèle immédiatement pour éviter qu'il moisisse trop rapidement.

3. POUR LES FRUITS ET LÉGUMES

Comme je l'ai dit plus haut, je ne les achète qu'au marché où je me rends une fois par semaine. Éventuellement, si les stocks sont vides, j'y fais aussi un appoint en œufs, viande ou poisson pour tenir jusqu'à la session supermarché suivante.

J'utilise aussi beaucoup la mise sous vide de mes fruits et légumes, plats cuisinés et restes divers… pour diminuer au maximum le gaspillage. Mais cela nécessite de posséder la machine *ad hoc*.

• PRATIQUER LE *BATCH COOKING*

Le *batch cooking* consiste à consacrer quelques heures pour **cuisiner en une seule fois tous les repas de la semaine** ou leurs principaux ingrédients. Cela permet d'optimiser son temps, ses courses et son argent. Souvent, les personnes qui pratiquent le *batch cooking* cuisinent le dimanche pour la semaine qui vient.

J'ai préféré m'y mettre le mardi, jour de marché, pour cuisiner les fruits et légumes frais ; ce qui me laissait plus de temps en famille le week-end !

Après avoir trouvé le bon livre sur lequel m'appuyer, je me suis lancée il y a quelques années…

Pour que les recettes soient appréciées de tous, je les avais toutefois beaucoup simplifiées car elles étaient souvent trop riches en épices, condiments et aromates. En conséquence, elles étaient aussi plus économiques.

Mais je n'ai pas poursuivi l'expérience car cela ne correspondait finalement pas à ma façon de vivre : d'une part, je suis toujours à la maison et peux donc cuisiner au quotidien, même simplement ; d'autre part, ayant pratiquement tous les jours déjeuners et dîners à préparer, je devais préparer des quantités industrielles pour une seule semaine !

Néanmoins, je suis convaincue que le "batch cooking" est une très bonne solution pour les personnes qui veulent se décharger de la préparation quotidienne des repas.

Voici les astuces que j'avais alors mises en place pour mes séances de *batch cooking*.

1. **Prendre en photo** les listes des courses pour éviter d'avoir à les recopier. Comme je fais les courses une fois par mois, je prévoyais pour la première semaine les menus qui contiennent le plus de produits frais, et pour la dernière semaine ceux qui utilisent des produits plus longue conservation.

2. **Bien lire les recettes de A à Z** pour ne pas commettre d'erreur : par exemple, sortir des produits du congélateur au moment de la préparation, alors qu'il faut les décongeler la veille de la dégustation… Ces dix minutes de lecture préalable vous feront gagner un temps fou pour la suite.

3. **Organiser au préalable l'espace de travail** pour que la cuisine ne se transforme pas en énorme chantier (ce qui m'est arrivé les premières fois), et ne pas perdre du temps à courir partout. Je gardais ainsi toujours à portée de main :

- la poubelle pour jeter au fur et à mesure,
- une planche à découper,

- un seau pour le compost,

- des pots en verre de toutes tailles pour les différentes préparations,

- le livre de recettes ouvert,

- des torchons et de l'essuie-tout pour que le plan de travail soit toujours propre,

- un évier rempli d'eau chaude et d'une goutte de liquide vaisselle pour laver au fur et à mesure et éviter d'encombrer le plan de travail,

- un égouttoir vide et propre,

- le reste du plan de travail totalement dégagé et propre.

La promesse du *batch cooking* est de « cuisiner en deux heures pour toute la semaine ». En général, il faut déjà compter une bonne demi-heure pour le lavage et l'épluchage des légumes avant de commencer les préparations à proprement parler. Mais, en étant bien organisé et après quelques entraînements, vous arriverez à tenir le délai promis !

ORCHESTRER SES VACANCES

Chaque année, nous choisissons de passer une semaine tous les six et une bonne partie de nos vacances dans la maison familiale de nos parents respectifs. Nous nous retrouvons parfois jusqu'à trente personnes à la fois ! C'est un moment privilégié pour nos enfants qui adorent retrouver leurs cousins et attendent ce séjour d'une année sur l'autre avec impatience ! Ça l'est aussi pour nous, la fratrie, alors que nous sommes éparpillés dans toute la France, et même à l'étranger.

Nous apprécions ces moments de joies simples, avec plein d'enfants qui jouent dans le jardin : cela leur fait des souvenirs pour la vie ! Pour autant, les vacances ne sont pas toujours de tout repos : entre les rythmes des ados qu'il faut conjuguer au rythme des bébés, le planning de chacun, le budget, la préparation des valises et l'organisation du temps passé ensemble, cette période particulière de l'année requiert, là encore, quelques astuces pour ne pas se retrouver débordé !

• FAIRE LE POINT SUR LES ENVIES DE CHACUN

Quel que soit votre modèle de vacances – en famille, avec des amis, dans un club, en Airbnb, pour quatre jours ou pour deux mois – il est primordial de vous poser cette question : de quoi ai-je vraiment envie ? De calme, d'ambiance, de voyage, de souvenirs entre cousins, de ne pas cuisiner ?... Toute l'organisation des vacances découle des réponses à ces questions. N'hésitez pas à les écrire, en séparant deux colonnes : « Je souhaite », « Je ne souhaite pas ».

Est-ce que vous préférez des vacances :

- **100 % farniente** au bord de la piscine – après une année stressante au bureau, je ne peux plus faire que ça,
- **100 % sportives**, jogging à la fraîche, randonnées, vélo et tennis – j'ai décidé de me refaire une santé en un été,
- **100 % culturelles**, avec musées et promenades dans les villages classés alentours – vacances studieuses, vacances heureuses, non ?
- **100 % chantiers**, allez hop, on rénove la vieille grange – moi, le bricolage, ça me détend, pas vous ?
- Ou tout ça à la fois ?

Et, au sein de la famille, êtes-vous tous partants pour faire les mêmes activités ?

Il semble important de trouver le juste équilibre entre les envies de chacun, en évitant frustrations et stress…

Plutôt que de vous échiner à trouver un consensus, rien ne vous empêche de **faire certaines activités séparément**, surtout si vous passez vos vacances avec des amis :

- les uns peuvent aller randonner pendant que les autres font la sieste ;
- on peut organiser des activités différentes pour les grands et pour les plus petits ;
- si vous préférez cuisiner, vous pouvez vous occuper de l'intendance pendant qu'une autre équipe bricole.

Parfois, je demande à chaque membre de la famille d'établir la liste des activités qu'il souhaiterait faire pendant les vacances. Nous les mettons ensuite en commun et tentons de répondre à un maximum d'envies : ainsi, personne ne se sent lésé !

Gardez en tête les souhaits et les buts que vous aviez formulés avant de partir, et remémorez-les-vous de temps en temps.

• ÉTABLIR UN BUDGET

Les vacances représentent souvent un gros budget qu'il vaut mieux anticiper **plusieurs mois à l'avance**. Deux possibilités :

1. Vous calculez le budget que vous êtes capable de mettre de côté jusqu'aux vacances, et c'est en partant de cette somme que vous définissez votre programme.

2. Vous avez une idée bien définie de vos vacances (voyage en Espagne…). Vous calculez alors le montant total nécessaire et ce qu'il faut mettre de côté chaque mois.

Pensez à prendre en compte tous les aspects :

- transport (billets de train ou d'avion, transferts, péage, essence…) ;
- logement (location, draps, frais de ménage…) ;
- nourriture (repas, goûters…) ;
- extras (souvenirs, cadeaux, lectures…).

N'oubliez pas qu'il existe aussi beaucoup **d'activités à moindre coût** et qui font tout autant plaisir à chacun :

- balades ;
- visites culturelles à vélo ;
- châteaux de sable à gogo ;

- bandes dessinées ;
- jeux de société ;
- baignades…

Chaque été, nous allouons un budget à **un moment hors du commun** avec les enfants, juste pour nous six. Pour que les enfants prennent conscience de la valeur de ce moment, toute l'année nous mettons de l'argent de côté pour ces vacances. Eux-mêmes prennent plaisir à y contribuer de leur plein gré, en y mettant un peu de leur argent de poche. Ainsi, ils comprennent que le budget ne permet pas de faire un second tour de grande roue ou que les sandwichs remplacent un restaurant !

> *Pour vivre au mieux les vacances ensemble, chacun doit inévitablement faire des concessions. L'essentiel est qu'elles ne prennent pas le dessus par rapport aux grands moments de joie que représente ce temps en famille ou entre amis…*

Les enfants ont souvent envie de **rapporter un petit souvenir** de leurs visites, nous définissons donc le montant maximum auquel ils auront droit pour leurs extras et leur annonçons en début de séjour. Si nous prévoyons deux visites dans le séjour, nous divisons ce budget en deux afin qu'il leur reste un petit quelque chose après la première visite.

Enfin, pour alléger le budget vacances, nous n'hésitons pas à passer également quelques périodes de vacances **chez nous**. Car les enfants apprécient aussi de prendre leur temps à la maison en dehors du rythme scolaire. Une petite piscine gonflable dans le jardin et des copains : ils sont au paradis !

• S'AIDER D'UN PLANNING

Qu'il s'agisse de vacances de deux semaines ou de deux mois, je les organise en fonction de **quelques prérequis** d'où découlent les lieux dans lesquels nous allons nous rendre :

- les enfants doivent voir leurs cousins et grands-parents des deux côtés ;
- nous passons au moins une semaine rien que nous six pendant les vacances d'été ;
- nous répondons à certains impératifs (mariages, camps d'été, invitations, semaine familiale...) ;

- nous évitons de traverser la France tous les week-ends !

Pour savoir comment vont s'organiser les vacances de chacun, j'utilise un **planning mensuel** qui me permet d'avoir une vue d'ensemble. J'y note :

- les dates fixes qui imposent aux membres de la famille d'être à un endroit précis (mariages, etc.) ;

- les dates fixes propres à chaque membre de la famille (camp d'été, invitation chez un ami…) ;

- les périodes auxquelles j'envoie les enfants à droite et à gauche, ainsi que le nom des personnes qui les accueillent ;

- le moyen de transport (emmené par untel, horaire de train…).

J'adopte des rubans adhésifs de couleur pour chacun d'entre nous ou par lieu de vacances. Ainsi, d'un coup d'œil, je peux savoir où sont les enfants – en camp, chez des amis… –, connaître les périodes où mon mari travaille et ses déplacements, et les moments que nous partageons tous ensemble.

• PARTIR À PLUSIEURS FAMILLES

Partir en famille élargie ou avec des amis n'est pas toujours facile. Peut-être avez-vous vécu ces **moments compliqués** où :

- le partage des tâches n'est pas très égalitaire,
- on trouve les enfants des uns vraiment mal élevés, ne participant pas aux tâches qu'ils pourraient faire, capricieux pendant les repas, difficiles à coucher…,
- on trouve au contraire que leur éducation est beaucoup trop rigide, faite d'interdits et d'obligations pénibles, avec beaucoup de cris et de pleurs,
- aïe, les frères ennemis ressortent les vieilles rancunes,
- aïe, aïe, le nouveau copain de ma nièce est vraiment lourd,
- aïe, aïe, aïe, on parle politique !

Il est donc très important de **poser en amont** tout ce qui pourra éventuellement créer des problèmes au cours des vacances. Par exemple, vous pourriez discuter de la possibilité d'instaurer :

- une heure de coucher pour tous les enfants d'une même tranche d'âge, et une heure maximale de lever pour les ados,
- le fait que les enfants dorment ensemble ou surtout pas,

- des tours pour les différents services,
- l'interdiction formelle de parler politique si l'on sait qu'il y a trop de dissensions dans le groupe...

S'il y a bien un moment qui apporte son lot de crispations, ce sont **les repas** : trop longs pour les uns qui voudraient pique-niquer tous les jours, pas assez élaborés pour les autres, qui aiment prendre leur temps ; trop riches, pas assez équilibrés, pas assez bio ou trop végétariens ; trop chers quand il y a des budgets disparates et que vient le moment de partager les frais, etc.

Comme toujours, pour éviter les rancœurs, le mieux est d'anticiper et de communiquer sur les règles de vie que l'on veut établir.

On peut suggérer, par exemple :

- le repas du midi très **simple**, celui du soir plus **convivial**... ou l'inverse ;

- un **premier service** avec les enfants, puis, une fois les plus petits couchés, le dîner des parents où l'on peut prendre son temps ;

- une alternance chaque jour entre les adultes pour les **courses** et la **préparation des repas** ; c'est l'occasion de partager ses bonnes recettes et d'impliquer les enfants, qui adorent ça !

- des **missions régulières confiées aux enfants** (préparer le petit déjeuner, acheter le pain, mettre le couvert et débarrasser, etc.).

L'autre point épineux concerne le **budget des vacances** à plusieurs, qu'il s'agisse des activités des enfants (poney, tennis, accrobranche...) ou des frais de nourriture. Demandez-vous comment vous allez procéder :

- partage des frais par famille ?
- partage par personne ?
- division du prix par deux pour les enfants en dessous de 12 ans ?
- pot commun, chacun mettant ce qu'il pense être suffisant ?
- une seule activité payante et non pas trois ?
- une famille qui fait les courses et les repas pour trois jours ?
- un seul restaurant dans la semaine ? Ou pas du tout ?

Pour garantir une bonne ambiance, il est important de trouver des compromis, mais surtout d'**anticiper le partage des dépenses avant le départ.**

• ORGANISER SON DÉPART… ET SON RETOUR !

Pour éviter le stress de dernière minute, plusieurs mois, semaines ou jours à l'avance, on peut penser à :

- **réserver les gîtes et billets** pour les avoir au meilleur prix, même en comprenant l'assurance annulation ;
- vérifier que les **cartes d'identité** ou les passeports ne sont pas périmés (suffisamment en amont pour avoir le temps de les renouveler) ;
- idem pour les **cartes de réduction** (Sncf, famille nombreuse, etc.) ;
- faire la révision de la **voiture** : ce serait dommage de tomber en panne sur l'A6 un jour de grand départ !
- organiser la garde des **animaux** – voisins, famille, chenil… ;
- faire le plein d'**essence** pour éviter la cohue aux pompes.

Avant de boucler le départ en vacances, j'essaie aussi d'**anticiper le rush** que sera, deux mois plus tard, la rentrée des classes, quand on a bien déconnecté et que le quotidien se rappelle à nous un peu brutalement.

Donc, pour avoir l'esprit tranquille pendant les vacances :

1. J'ai organisé un maximum de **rendez-vous** avant de partir pour éviter d'être surchargée à la rentrée (visites annuelles généraliste/dentiste/gynécologue),

2. Je me suis occupée des **inscriptions** aux activités extrascolaires,

3. J'ai acheté les **fournitures** scolaires.

• BIEN FAIRE SA VALISE

Le départ est imminent, il est temps de faire sa valise. Rien de plus stressant que de manquer de quoi que ce soit en arrivant sur son lieu de vacances. Pour que les bagages de toute la famille soient complets sans pour autant emporter toute la maison, j'utilise une **« liste de départ en vacances »** que j'ai étoffée au fil des ans. J'indique le nombre d'articles à prendre et je donne la liste aux enfants. Ceux qui savent lire aident les plus jeunes. Ils font ainsi leurs valises **en toute autonomie**.

Chaque membre de la famille possède sa propre colonne à cocher. Une fois le vêtement déposé sur le lit, ou directement dans la valise pour les plus grands, il coche sur la liste la case correspondante.

VÊTEMENTS

__ Sous-vêtements ○○○
__ Chaussettes __ Collants ○○○
__ T-shirts __ Chemises ○○○
__ Shorts __ Pantalons ○○○
__ Jupes __ Robes ○○○
__ Pulls fins __ Pulls chauds ○○○
__ Tenue habillée ○○○
__ Pyjamas __ Chem. de nuit ○○○
__ Robe de chambre ○○○
__ Chaussons ○○○
__ Tenue de sport ○○○
__ Manteau ○○○
__ Chaussures __ Bottes ○○○
__ Sandales ○○○
__ Chapeau __ Lunettes ○○○
__ Écharpe __ Gants ○○○
__ Accessoires __ Bijoux ○○○
__ Ceinture __ Cravate ○○○
__ Vêtements de pluie ○○○
__ ______________________ ○○○
__ ______________________ ○○○

MONTAGNE

__ Après-skis ○○○
__ Chaussures de marche / ski ○○○
__ Combinaison __ Moufles ○○○
__ Forfait ○○○
__ ______________________ ○○○

PLAGE

__ Maillot __ Serviette ○○○
__ Bonnet de bain __ Masque ○○○
__ Combinaison ○○○
__ ______________________ ○○○

HYGIÈNE

__ Brosse à dents __ Dentifrice ○○○
__ Brosse __ Peigne ○○○
__ Shampoing __ Démêlant ○○○
__ Accessoires cheveux ○○○
__ Sèche-cheveux __ Gel, laque ○○○
__ Gel douche __ Savon ○○○
__ Déodorant __ Parfum ○○○
__ Crème mains, pieds, corps ○○○
__ Nécessaire à ongles ○○○
__ Maquillage __ Stick à lèvres ○○○
__ Démaquillant __ Coton ○○○
__ Rasoir, mousse à raser, après-rasage ○○○
__ Pince à épiler, épilateur, cire ○○○
__ Lunettes / Lentilles ○○○
__ ______________________ ○○○
__ ______________________ ○○○
__ ______________________ ○○○

SANTÉ

__ Médicaments / ordonnance ○○○
__ Thermomètre ○○○
__ Carnet de Santé ○○○
__ Kit Premiers secours ○○○
__ Crème solaire + après-soleil ○○○
__ Protections hygiéniques ○○○
__ Gel hydroalcoolique + masques ○○○
__ ______________________ ○○○
__ ______________________ ○○○

SOMMEIL

__ Masque de nuit ○○○
__ Boules Quies ○○○
__ ______________________ ○○○
__ ______________________ ○○○

Et, quand ils n'ont pas de liste avec eux, voilà une **astuce mnémotechnique** à leur apprendre pour qu'ils n'oublient rien d'essentiel : sur la base d'une comptine, ils passent en revue chacun de leurs membres en alternance de haut en bas, et par couches, en posant leurs mains dessus dans cet ordre :

- sous-vêtements *(mains sur les hanches)*,
- chaussettes *(mains vers les pieds)*,
- hauts (t-shirts, chemises…) *(mains sur la poitrine)*,
- bas (pantalons, shorts, jupes, robes…) *(mains sur les cuisses)*,
- pulls *(mains sur la poitrine)*,
- chaussures et chaussons (baskets + nu-pieds) *(mains vers les pieds)*,
- manteau ou coupe-vent *(mains sur la poitrine)*.

Puis ils ajoutent en comptant avec leurs doigts :

- de quoi dormir (pyjama et doudou), *(pouce levé)*
- de quoi se laver, *(index levé)*

- plage ou montagne ? (Ce qui leur fait penser à leurs maillots, écharpes…) *(majeur levé)*

Bien sûr, pour les plus petits, je vérifie :

- qu'ils n'ont rien oublié,
- que les affaires sont plus ou moins assorties,
- qu'il y a un bon équilibre de vêtements pour les journées chaudes et les soirées fraîches.

Ils sont extrêmement fiers de cette autonomie !

On n'oublie pas non plus nos indispensables du quotidien pour des vacances sereines :

TECHNOLOGIES			
__ Téléphone	O	__ Chargeur	O
__ Appareil photo	O	__ Chargeur	O
__ Cartes SD	O	__ Clés USB	O
__ Ordinateur	O	__ Chargeur	O
__ Lecteur MP3	O	__ Chargeur	O
__ Lecteur DVD	O	__ DVDs	O
__ Adaptateur de prise			O
__ ________________			O
__ ________________			O
__ ________________			O

VOYAGE			
__ Clés	O	__ ________	O
__ Passeport / CNI	O	__ Permis	O
__ Carte routière	O	__ GPS	O
__ Visa	O	__ ________	O
__ Médicaments	O	__ Vaccins	O
__ Encas	O	__ Boisson	O
__ Lecture	O	__	O
__ Carnet	O	__ Crayon	O
__ Moyens de paiement			O
__ ________________			O

Vous pouvez trouver des **listes toutes faites** en ligne, créer les vôtres au fur et à mesure ou bien utiliser celles de *Mon Petit Organisateur de vie*. Il vous suffira de les compléter avec vos propres besoins ou types de vacances. On n'emporte pas les mêmes choses si l'on part en club *all inclusive*, si l'on va chez ses parents, ou si l'on loue un appartement en Airbnb.

Dans ce cas, par exemple, il ne faut pas oublier :

- les prises multiples, rarement présentes, et bien utiles pour brancher à la fois son smartphone et la lampe de chevet,
- la petite épicerie, pour éviter de devoir acheter tout l'essentiel sur place (et de devoir le remporter),
- des tablettes de lessive et de lave-vaisselle, des torchons, une éponge et du liquide vaisselle.

LOCATION			
__ Draps	O	__ Couvertures	O
__ Serviettes	O	__ Torchons	O
__ Éponges	O	__ Sacs-poubelle	O
__ Pastilles vaisselle	O	__ Lessive	O
__ Multi-surfaces	O	__ Liquide vaisselle	O
__ Multiprises	O	__ ____________	O
__ Petit déjeuner (café, thé, sucre...)			O
__ Condiments (sel, poivre, huile, sauce)			O
__ ____________________			O
__ ____________________			O

Et, parce que le coffre n'est jamais autant rempli qu'avec des bébés à bord, ceux-ci ont une liste dédiée assez fournie :

BÉBÉ			
__ Bodys ○	__ Pyjamas ○	__ Tire-lait ○	__ Embouts ○
__ Chaussettes ○	__ Collants ○	__ Coussinets ○	__ Crème ○
__ T-shirts ○	__ Chemises ○	__ Biberons ○	__ Stérilisateur ○
__ Pantalons ○	__ Robes ○	__ Lait ○	__ Céréales ○
__ Pulls fins ○	__ Pulls chauds ○	__ Petits pots ○	__ Compotes ○
__ Chaussures ○	__ Chaussons ○	__ Couverts ○	__ Serviette ○
__ Chapeau ○	__ Lunettes ○	__ Lingettes ○	__ Lange ○
__ Écharpe ○	__ Gants ○	__ Compresses ○	__ Coton ○
__ Manteau ○	__ Combinaison ○	__ Brosse ○	__ Peigne ○
__ Tétines ○	__ Doudou ○	__ Coupe-ongles ○	__ Mouche bébé ○
__ Gigoteuse ○	__ Couverture ○	__ Thermomètre ○	__ de bain ○
__ Lit pliant ○	__ Matelas ○	__ Carnet de santé ○	__ Médicaments ○
__ Draps ○	__ Alèses ○	__ Nettoyant corps ○	__ Cheveux ○
__ Sortie de bain ○	__ Maillot de bain ○	__ Crème change ○	__ Crème solaire ○
__ Transat ○	__ Abris soleil ○	__ Tapis à langer ○	__ Couches ○
__ Poussette ○	__ Coque ○	__ Sérum phy. ○	__ ________ ○
__ Système portage ○	__ Baby-talk ○	__ ________ ○	__ ________ ○
__ ________ ○	__ ________ ○	__ ________ ○	__ ________ ○

Reste maintenant à fermer votre valise ! Plutôt que de superposer les vêtements, comme on le fait toujours, je vous recommande la **technique de pliage vertical** démocratisée par Marie Kondo, qui permet de :

- gagner de la place dans la valise ;
- mettre plus d'affaires dans un contenant plus petit ;
- fermer la valise sans effort ;

- voir tous les vêtements d'un coup dans sa valise ouverte ;
- et pouvoir prendre celui qu'on veut sans défaire tout le reste.

Une autre solution donnée par une hôtesse de l'air consiste à **rouler chaque vêtement très serré** : là aussi, cela permet d'en mettre beaucoup plus et de bien les distinguer les uns des autres. Cette méthode est particulièrement adaptée pour les sacs et pour les vêtements fluides : enroulés bien serrés, ils se tiennent mieux que s'ils sont pliés et rangés verticalement.

• FAIRE SA *CHECK-LIST* DE DÉPART

Voilà, les valises et les sacs sont bouclés et chacun peut les apporter jusqu'à la voiture. Avec quatre enfants et désormais un chien, tout rentre, mais c'est un vrai défi Tétris ! Alors nous privilégions plutôt les **sacs polochons mous** que l'on peut glisser un peu partout dans les recoins de la voiture et sous les pieds des plus petits. Un **coffre de toit** peut s'avérer très pratique aussi, moins onéreux qu'un changement de voiture et plus pratique qu'une remorque. Avant de claquer la porte et de prendre la route, je vérifie **ma *check-list* de départ** :

AU MOMENT DE PARTIR
O Prévenir les voisins ou la police de son départ
O Écrire un mail automatique d'absence
O Vider et fermer le frigidaire et le congélateur
O Vider et ouvrir les machines (vaisselle, linge...)
O Mettre un glaçon dans un verre au congélateur pour vérifier s'il y a une coupure d'électricité
O Débrancher les appareils électriques
O Éteindre le chauffage (hors gel)
O Couper le gaz et l'eau
O Vider les poubelles
O Vider la boîte aux lettres
O Arroser et mettre les plantes dans pièce humide
O Mettre du vinaigre blanc dans les toilettes
O Fermer les fenêtres et les volets
O Fermer les portes (garage, appentis, cave...)
O Éteindre les lumières
O Mettre l'alarme
O Fermer à clé
O ______
O ______
O ______

Ça y est ! C'est les vacances !

• ACTIVER LE MODE « VACANCES »

Même si je ne suis dans un endroit que pour trois jours, **je défais ma valise**. Cette installation est vraiment essentielle pour que je passe de bonnes vacances et ce, même si je change de lieu toutes les semaines.

Comme mes affaires y sont déjà bien ordonnées, ça ne me prend que 5 à 10 minutes de tout sortir. Et quel bonheur ensuite !

1. Je mets moins de temps à m'habiller le matin.

2. Mes affaires sont moins froissées.

3. J'ai le sentiment d'être partout un peu chez moi.

Laisser notre valise ouverte dans un coin, c'est dire à notre esprit que nous sommes prêts à repartir à tout moment.

Gagnez encore du temps en utilisant des **organiseurs de valise**, des sacs zippés qui ont la forme de boîtes. Ainsi, vous n'avez qu'à déplacer le sac de la valise jusqu'au tiroir, puis à ouvrir le zip, sans toucher aux vêtements !

Pour mettre notre cerveau le plus rapidement en pause, s'installer est un bon début mais se soulager du quotidien est aussi essentiel.

Pour ma part, **j'abandonne certaines routines** et j'allège les obligations pendant les vacances.

- La chambre des enfants ne ressemble à rien ! Mais ils partagent souvent la même chambre à quatre, ce n'est pas si simple,
- Ils font un peu les zouaves à table… Certes, mais pendant ce temps, je prends tranquillement l'apéro,
- Il n'y a plus d'horaires pour appliquer nos routines… Mais, la plupart du temps, nous ne sommes pas tout seuls, ni chez nous, donc on s'adapte !

Comme toujours, la recherche du juste équilibre est au cœur de notre organisation.

Ainsi on relâche beaucoup de choses mais **la politesse et le service restent de mise**. Il n'est pas question que les parents fassent tout. Tout le monde doit aider aux tâches quotidiennes. Par exemple :

- mettre la table,
- nourrir le chien,
- aider les plus jeunes à prendre leur douche…

Finalement, on ne met pas l'éducation des enfants en vacances, on l'adapte !

• REPRENDRE LES BONNES HABITUDES DÈS LE RETOUR

Lorsque nous rentrons de vacances, voici comment nous procédons : en sortant de la voiture, tout le monde sans exception fait deux allers-retours avec des bagages.

Avant la fin de la journée :

- toutes les affaires propres doivent être rangées dans les placards,
- les affaires sales, mises dans les paniers à linge,
- les valises, rangées.

Ensuite, nous enchaînons les machines et les sèche-linge. Si je remets au lendemain, ça peut alors traîner toute la semaine.

Tout ce qui est fait n'est plus à faire !

Quant aux enfants, je les remets dans le rythme « normal » : couchers tôt et repas avec force fruits et légumes pour évacuer le régime frites-glaces de l'été !

Plus je pars longtemps de chez moi, plus le retour à la maison semble compliqué. Comme je suis reposée, je reste sereine et je ne me force pas à tout prix à me réadapter au quotidien.

Plutôt que de mettre beaucoup d'énergie dans cette remise en route, pourquoi ne pas essayer de le faire sereinement, pour garder plus longtemps le bénéfice des vacances ?

Je m'y prends **pas à pas** en m'appuyant sur toutes ces petites choses qui m'aident à reprendre un rythme. En général, il faut quatre à cinq jours pour que tout rentre dans l'ordre.

1. Tout d'abord, je remets toutes **mes alarmes**. Elles me permettent d'être 100 % à ce que je fais et m'ôtent le stress de rater une sortie d'école.

2. Ensuite, je sors bien sûr mon meilleur allié : ***Mon Petit Organisateur de Vie***. Je le laisse bien ouvert en permanence devant moi. C'est mon fidèle soutien mental, celui qui m'aide à ordonner mes idées et à ne rater aucun rendez-vous !

3. Qui dit retour de vacances dit retour des tâches administratives, des menus, des courses, etc. Du coup, je décharge ma tête en notant tout ce que j'ai à faire sur **mes *to-do lists***. Puis je les répartis sur ma semaine, un peu chaque jour, pour éviter d'avoir le sentiment d'être submergée.

4. Enfin, je remets petit à petit **mes routines** en place.

PRÉPARER LA RENTRÉE SCOLAIRE

S'il y a bien une période chargée, pour les familles, c'est la rentrée des classes ! Bien sûr, le stress est démultiplié par le nombre d'enfants pour lesquels il faut préparer les fournitures et les cartables, le remplissage des dossiers administratifs – sans oublier l'assurance ! –, les inscriptions à la cantine, au centre de loisirs et aux activités périscolaires (avec certificats médicaux), et anticiper le casse-tête des emplois du temps et la logistique des trajets…

Pour ma part, je privilégie la récup', l'anticipation et je responsabilise au maximum les enfants pour me soulager d'une partie de cette nouvelle organisation à mettre en place.

Voici mes astuces pour que la rentrée scolaire se passe dans les meilleures conditions, aussi bien pour les parents que pour les enfants.

• S'ÉQUIPER EN CARTABLES ET FOURNITURES

Chez nous, les achats de début d'année se limitent au **strict minimum** pour éviter de gâcher du matériel et d'alourdir inutilement le budget rentrée. Surtout que, bien souvent, la liste-type distribuée avant la rentrée ne convient pas à la maîtresse !

Cela commence par le **cartable**. Pour ne pas avoir tous les ans à racheter un modèle neuf par enfant, j'achète, certes un peu plus cher, des cartables destinés à être utilisés pendant les cinq années du primaire.

Pour cela, ils doivent être :

- de **qualité** (coutures et fermoirs solides, fonds épais, etc.),
- d'une **taille suffisante** dès la première année pour contenir les grands cahiers de CM2,
- **indémodables**, avec un décor qui ne fasse ni pré-ado ni bébé, donc plutôt sobre.

Avant chaque rentrée, je leur donne un coup de jeune en les nettoyant en profondeur, en coupant les fils qui dépassent ou en raccommodant les petits défauts.

De leur côté, les enfants sont bien sûr priés de prendre soin de leur cartable !

Mais, comme ils savent qu'ils n'en auront pas d'autre avant le collège, ils y font attention. Ma petite dernière passera d'ailleurs toutes ses années de primaire en alternant les anciens cartables de ses frère et sœurs, tant qu'ils sont encore utilisables et imperméables.

Plutôt que de payer très cher des **agendas** et des **cahiers de textes** à la mode, avec les héros du moment, j'achète des modèles sobres et pratiques à moins de 5€. Avec les enfants, nous nous amusons ensuite à les **personnaliser** soit avec des accessoires de loisirs créatifs, soit en imprimant des photos de leurs séries ou livres préférés. Ils sont ravis et fiers d'avoir créé eux-mêmes leurs agendas, impossibles à confondre avec ceux de leurs camarades !

Pour toutes les **autres fournitures scolaires**, je consacre un après-midi à :

- vérifier l'état du matériel restant,
- tout centraliser dans une boîte de réserve,
- répartir selon les besoins en prenant chez l'un pour donner à l'autre,

- lister les fournitures manquantes,

- racheter le strict nécessaire, et un peu de stock pour l'année (feuilles, colle, stylos, crayons à papier) en allant au supermarché sans enfant, pour éviter les tentations.

Ainsi, les feutres et crayons en bon état sont **réutilisés d'une année sur l'autre** et on arrive toujours à retrouver une couleur manquante dans la boîte de réserve !

Le surplus et le stock des fournitures sont conservés dans cette boîte et restent en accès libre : les enfants s'y servent au fil de l'année, quand ils en ont besoin.

À partir du collège, pour **épargner le dos des enfants**, je privilégie les cahiers de 48 pages au lieu des 96 pages habituelles. Certes, il faut les remplacer plus souvent, mais le poids de leur sac sera considérablement allégé. De même, plutôt que d'emporter d'encombrants classeurs, je leur fournis une simple pochette contenant un petit stock de copies simples et doubles, du papier millimétré et du papier à dessin qu'ils rechargent au fil des jours dans la réserve.

• GAGNER DU TEMPS EN DÉLÉGUANT

Je me souviens que petite, je détestais devoir écrire mon nom sur des centaines de petites étiquettes pour marquer mes fournitures scolaires. Aujourd'hui, c'est beaucoup plus simple : on commande en ligne des **kits d'étiquettes nominatives** de tous les formats pour tous les supports, et les enfants n'ont plus qu'à jouer aux gommettes !

Pour faire des économies, je fais imprimer les étiquettes avec notre seul nom de famille, sans le prénom des enfants : ainsi, le reliquat peut servir d'une année sur l'autre, et les fournitures peuvent être transmises au sein de la fratrie. Ça marche aussi pour les vêtements !

Tout ce que les enfants peuvent faire eux-mêmes est un précieux temps gagné.

C'est le cas pour les dizaines de mots et papiers à remplir en début d'année. Pour me soulager, les enfants remplissent eux-mêmes les champs qu'ils sont capables de remplir afin que je n'aie plus qu'à compléter ce qu'il manque et à signer. Et quand je donne une information à l'un, il la transmet aux autres pour que je n'aie pas à le faire plusieurs fois (par exemple, le numéro de notre contrat d'assurance). Au CP, il ne s'agira que de leur prénom ; au CE1, ils sont déjà capables de beaucoup plus. En outre, cet exercice leur permet de mémoriser les numéros de téléphone de leurs parents, ce qui pourra leur servir en cas d'urgence. Au collège, les enfants remplissent eux-mêmes tous leurs documents, y compris la fiche d'état des livres reçus en début d'année. Si le livre est en mauvais état à la fin de l'année, ils ne pourront pas nier l'état dans lequel ils l'ont évalué. Responsabilité et autonomie sont toujours au cœur de notre organisation.

Quand les écoles ne changent pas leurs formulaires d'une année sur l'autre, plutôt que de les faire remplir par les enfants, je les **scanne** *la première année et les* **remplis sur mon ordinateur**. *Comme ça, je n'ai qu'à changer les dates ou les prénoms, et à les imprimer. Ainsi, tout le monde gagne du temps !*

• PRENDRE LES RENDEZ-VOUS DE RENTRÉE

Le planning de septembre est toujours chargé. En plus de la préparation même de la rentrée, il faut ajouter :

1. LES RÉUNIONS DANS CHAQUE CLASSE

Je tiens à y assister pour faire connaissance avec les professeurs, leur pédagogie, leurs exigences, et être informée des événements – sorties et classes de découverte – qui rythmeront l'année.

2. LES RÉUNIONS DES ASSOCIATIONS DE PARENTS D'ÉLÈVES

J'aime y participer pour être au plus près de ce qui se passe dans l'école, connaître les parents qui s'investissent et avoir un rapport privilégié avec l'équipe enseignante.

3. LES RENDEZ-VOUS MÉDICAUX

Généraliste et dentiste pour tout le monde, ophtalmologiste à chaque rentrée pour ceux qui portent des lunettes, et pour les autres aux grandes étapes (CP, 6e), vétérinaire pour le chien, sans oublier tous les rendez-vous qui me concernent !

4. LES ENTRETIENS ANNUELS

Je profite du mois d'octobre, juste avant d'allumer le chauffage, pour faire entretenir chaudière et cheminée. Au moins c'est fait, et je n'ai plus à y penser le reste de l'année.

Pour éviter d'ajouter tous ces rendez-vous à prendre sur ma *to-do list* et pour faire face aux plannings surchargés de chaque spécialiste, j'anticipe au maximum la prise de ces rendez-vous dès le mois de juin.

• GÉRER LES DEVOIRS

Avec leurs **fiches routines**, mes enfants savent qu'une fois le goûter pris, c'est le moment des devoirs. Ancrer ce moment dans leur routine de retour d'école évite de se disputer le dimanche après-midi parce que les devoirs ne sont pas faits. S'il n'y a pas classe le mercredi ou le samedi, les devoirs sont donc faits dès le retour d'école afin de libérer au maximum la journée suivante. En cas de contre-temps (lié, par exemple, à une activité extrascolaire), on dédie aux devoirs le mercredi ou le samedi matin. Mais à midi, tout est rangé pour profiter du reste de la journée et du week-end.

Je fixe une heure de fin pour les devoirs sinon, ce serait sans limite !

Rappelez-vous que, d'après la loi de Parkinson, plus on a de temps devant nous, plus la tâche prend du temps. En général, les plus jeunes ont entre une demi-heure et une heure maximum et les plus grands, jusqu'à deux heures. Je m'adapte aux besoins de chaque enfant car ils ne travaillent pas au même rythme. Au delà, les affaires de classe sont généralement rangées et l'ordinateur, éteint.

Avec quatre niveaux scolaires et autant de personnalités différentes qui ont leurs besoins et leurs rythmes, il faut trouver des astuces pour mettre en place, dès le début de l'année, une **bonne gestion des devoirs**. Personnellement, j'ai installé dans le salon chaque enfant à un espace distinct (même tout petit) pour qu'ils ne se perturbent pas, et que je puisse aller de l'un à l'autre facilement.

Comme je ne suis pas maîtresse d'école, je n'ai pas toujours les mots ni les méthodes pour jongler d'un exercice de physique niveau troisième à la leçon de grammaire d'un élève de primaire ; le tout, sans perdre mon sang-froid lorsque mes explications ne sont pas comprises du premier coup.

Alors, pour éviter toute crise de nerfs, je favorise :

1. L'AUTONOMIE

Je les pousse à être les plus autonomes possible pour faire leurs devoirs et à venir me voir uniquement s'ils rencontrent une difficulté. Pour aider les plus jeunes à gagner en autonomie dès le CE1, j'ai créé une **fiche d'aide aux devoirs** qui leur apprend à s'avancer, comme on leur demandera de le faire au collège.

Chaque jour, l'enfant peut ainsi vérifier :

- s'il a fait ses exercices et relu ses leçons pour le lendemain ;
- s'il a fait ses exercices et appris ses leçons pour le surlendemain ;
- s'il a lu les leçons pour le jour d'après.

2. LES PLATEFORMES DE COURS EN LIGNE

J'ai inscrit les enfants sur une plateforme en ligne d'aide aux devoirs qui leur fournit des vidéos explicatives et des cartes mentales pour enrichir leur cours.

3. L'ÉTUDE

Plutôt que de m'énerver parce que je ne trouve pas les bons mots pour faire comprendre une leçon, je leur propose de rester à l'étude où des personnes qualifiées sont là pour les aider.

4. LES ÉTUDIANTS

En général, les enfants sont beaucoup plus enclins à écouter quelqu'un de leur âge (ou presque), qui plus est bien plus patient que moi.

• ORGANISER LES ACTIVITÉS EXTRA-SCOLAIRES

Organiser les activités extra-scolaires relève aussi, souvent, du casse-tête : comment allier les désirs parfois démultipliés des enfants, le budget, et la logistique des horaires et des transports ?

Dans mon esprit, une activité doit avant tout permettre à l'enfant de se détendre ou de se dépenser. Elle ne doit pas devenir elle-même source de stress ou de mal-être. C'est pourquoi je m'efforce d'appliquer quelques règles…

1. L'envie de pratiquer une activité **doit venir de l'enfant** et non du désir des parents.

2. Nos enfants peuvent choisir l'activité qu'ils veulent sachant qu'ils doivent **assumer leur engagement pour l'année**.

Je les incite à persévérer le plus longtemps possible mais cela doit rester un plaisir. Aussi n'ai-je aucun problème à ce qu'ils changent d'activité chaque année.

3. Je privilégie les activités **proches de la maison** pour que les plus grands soient autonomes et m'éviter d'incessants allers-retours. Ou alors je m'arrange avec d'autres parents pour nous répartir les trajets.

4. Je limite le nombre d'activités **en fonction du budget annuel** que nous avons défini. Si l'un fait une activité peu chère, cela permet à un autre de choisir un loisir plus onéreux même si nous n'abordons pas l'aspect financier avec les enfants pour ne pas influencer leur choix. Et, pour alléger à la fois le budget et les trajets, ils ne commencent pas leurs activités avant le CP.

5. Je n'investis pas dans du **matériel de compétition** tant que l'enfant n'est pas sûr de vouloir continuer. Je n'hésite pas à demander autour de moi si des parents font don de tenues qu'ils n'utilisent plus ou les vendent d'occasion.

• PRIVILÉGIER LE BIEN-ÊTRE DES ENFANTS

Toute l'organisation que vous aurez échafaudée peut être mise à mal en un clin d'œil : baby-sitter qui vous abandonne le 5 septembre, activités extra-scolaires complètes ou à des horaires fantaisistes, etc.

Souplesse et adaptation sont donc les maîtres mots de la rentrée. C'est là que mes ***to-do lists*** et la **matrice d'Eisenhower** me sont bien utiles pour prioriser les tâches les plus urgentes, celles qui peuvent attendre et celles que je peux déléguer.

Ainsi, les rentrées scolaires sont toujours sportives pour nous, les parents. Mais l'essentiel c'est que les enfants :

- soient heureux de partir à l'école le matin,
- ne soient pas angoissés par les apprentissages,
- ne soient pas inquiets à l'idée que les dossiers administratifs ne soient pas rendus complets et dans les temps,
- se retrouvent facilement dans l'organisation de leur semaine… sans se rendre compte de l'énergie que cela nous a demandé pour qu'elle soit fluide !

chien
fragile
cuisine
Bijoux
chambre 1
salle de bains

PRÉVOIR UN DÉMÉNAGEMENT

Après sept ou huit déménagements effectués depuis ma jeunesse (célibataire, au pensionnat ou dans ma chambre d'étudiante ; jeunes mariés, dans notre tout nouvel appartement ; enceinte jusqu'au cou, dans une autre ville ; en pleine rentrée scolaire avec deux enfants sur quatre scolarisés à l'autre bout de la ville ; ou en tant que gros bras pour aider ma famille ou des amis…), j'en ai fait des expériences !

L'inondation de ma sœur 24 h après son emménagement, la table à langer qui ne passait que par la fenêtre ou le canapé déménagé sur un skateboard sont autant de situations qui m'ont permis d'améliorer mes techniques pour faciliter au maximum le tri, le transport et le déballage de cartons, tout en gardant à l'esprit qu'il faut relativiser car nous ne sommes jamais au bout de nos surprises. Quelle que soit la formule de déménagement que vous choisissez, je vais vous donner tous mes conseils pour déménager sereinement.

• CHOISIR UNE FORMULE DE DÉMÉNAGEMENT

Ça y est, vous avez trouvé l'appartement ou la maison de vos rêves et les éventuels travaux sont terminés : il n'y a plus qu'à s'installer ! Il faut donc rapidement se soucier de la façon dont vous allez déménager.

1. SEUL

C'est **gratuit**, et cela permet de tout contrôler et de retrouver facilement ses affaires. Cela suppose d'avoir une **bonne condition physique** et beaucoup de **temps** en amont. Si l'on a de gros volumes à déménager, plusieurs allers-retours seront nécessaires, et il va falloir s'armer de courage et de patience. Quelques séances de sport avant le jour J seront peut-être les bienvenues pour éviter de vous casser le dos et, surtout, pensez à bien plier les genoux pour porter les cartons !

Investissez dans un minimum de matériel, louez-le ou empruntez-le afin de préserver votre dos : diable, sangles, poignées de portage…

Pour les meubles les plus lourds, vous serez forcément amené à faire appel à une aide extérieure : l'une des solutions suivantes pourrait alors vous convenir.

2. AVEC DES AMIS

Si la bonne humeur et la motivation sont au rendez-vous, cela peut être une solution **peu onéreuse**, puisqu'il vous suffit de remercier ceux qui vous ont prêté main-forte en leur offrant un repas revigorant. Mais les amis restent des non-professionnels et, si les galères s'en mêlent, cela peut s'avérer contre-productif. Alors pour éviter la casse, prévoyez de prendre un peu plus de temps pour **bien protéger** ce à quoi vous tenez le plus. Et puis en avançant en âge, vous aurez sans doute plus de mal à recruter, mais à défaut de gros bras, vous pourrez toujours compter sur vos proches pour garder vos enfants, vos animaux ou vous accueillir après le déménagement.

3. AVEC DES DÉMÉNAGEURS

L'avantage, c'est que ce n'est pas vous qui portez ! Et, comme c'est leur métier, les déménageurs vont vite et savent tout de suite, eux, que le canapé ne passera pas dans la cage d'escalier... En plus, ils ont une assurance en cas de casse, et un vrai camion pour tout emporter en un seul trajet. Mais ce service a un **coût élevé**. Les entreprises proposent la plupart du temps **différentes formules** qui permettent de jouer un peu sur les prix :

- vous mettez vous-même tout en cartons, l'entreprise se charge de le transporter, ainsi que les meubles démontés puis remontés par vos soins,

- vous les laissez emballer et déballer tout ce qui est fragile et démonter/remonter les meubles, et vous n'avez que le non-fragile à empaqueter et vider,

- ce sont les déménageurs qui démontent et remontent les meubles, emballent et déballent tout. Cette formule, généralement chère, est confortable, mais ne vous permettra pas de contrôler ce qu'ils placent dans les cartons et la façon dont ils ont empaqueté vos affaires.

Mieux vaut parfois privilégier sa sérénité que de payer les pots cassés !

• UTILISER UN RÉTROPLANNING

Pour réussir son déménagement sans trop de stress ni de casse, je conseille de **bien l'anticiper** à l'aide d'un rétroplanning.

J-90

Demandez des **devis** aux entreprises de déménagement, prévenez votre propriétaire de votre date de départ par lettre recommandée avec avis de réception, démarchez les crèches et les établissements scolaires autour de votre futur domicile.

J-60

Choisissez votre **déménageur** ou prévenez vos amis de réserver leur journée. N'oubliez pas de leur parler de l'instant convivial qui suivra ! Pensez également à prévenir les personnes qui garderont les enfants et les animaux le jour J.

J-30

Commencez à trier et à **mettre en cartons** : un peu chaque jour ou plusieurs créneaux par semaine. Le fait de déterminer des créneaux fixes vous permettra de ne pas y penser sans arrêt, tout en étant sûr d'avancer dans votre plan de mise en cartons. Pensez à bien noter sur un carnet ce que vous mettez dans chaque carton et numérotez-les. Croyez-moi : dans un mois, vous aurez certainement oublié ce que contient le 7e carton !

J-15

Occupez-vous de l'**administratif** et des abonnements à stopper et à faire suivre : électricité, gaz, eau, Internet/téléphone, La Poste, sécurité sociale et mutuelle, impôts, pôle emploi, caisse de retraite, assurances, banques, cartes grises, etc. On trouve en ligne des *check-lists* très complètes.

Préparez le nécessaire pour le **déménagement** : plan des pièces, ruban adhésif, couvertures, sangles, papier bulle, etc. Demandez à la mairie une place pour le camion.

Ne faites **plus de courses** : videz peu à peu placards, réfrigérateur et congélateur. N'achetez plus que le strict nécessaire, les fruits par exemple, et plus jamais en gros. Prévoyez de n'avoir plus que des plats à emporter pour les tout derniers jours si les réserves sont vraiment vides.

J-7

Confirmez la **garde des enfants et des animaux**, prévoyez les menus pour finir de vider le réfrigérateur, empaquetez les objets de valeur que vous voulez transporter vous-même.

Finissez les cartons en prévoyant **une valise avec l'essentiel** : trousse de toilette, vêtements pour quelques jours – on ne sait jamais, le camion peut tomber en panne ! –, papiers et documents nécessaires au déménagement, et les objets les plus précieux que vous voulez garder avec vous.

J-1

Débranchez tous les appareils électriques, vidangez les machines, gardez les produits d'entretien non loin et de quoi relever les compteurs au moment de fermer définitivement la porte.

Enfin, allez dîner au restaurant ou chez des amis pour reprendre des forces pour l'emménagement.

• TRIER AVANT D'EMBALLER

Si vous repoussez toujours le moment de faire du tri – pas le temps, pas envie, mieux à faire, etc. – le déménagement est une opportunité à saisir ! Cela vous permettra d'avoir moins de cartons à faire, moins de volume à déménager et moins de poids à porter. Pour vous aider dans cette démarche, vous pouvez consulter le chapitre consacré à la maison.

- Plusieurs semaines à l'avance, **récupérez des cartons** dans les magasins, les crèches etc. Seul le mobilier très lourd ou fragile bénéficiera de cartons neufs.

- Procédez par pièce, et **organisez** en parallèle les cartons à déménager et ceux « à donner » qui n'iront pas dans le camion.

- **Nettoyez** au fur et à mesure : inutile de déménager la poussière de l'ancienne maison vers la nouvelle !

• QUELQUES ASTUCES POUR BIEN EMBALLER

Équipez-vous du **matériel nécessaire** : un gros marqueur, du ruban adhésif d'emballage, du papier bulle et un carnet.

Numérotez chaque carton en indiquant la pièce où il devra être déposé et reportez au fur et à mesure dans votre **carnet** ce que vous y avez rangé. Cela évite d'attirer les convoitises puisque ce qui s'y trouve n'est pas nommé. À l'arrivée, inutile ensuite d'avoir à ouvrir chaque carton : un coup d'œil à son carnet suffit pour retrouver ce que l'on cherche.

Commencez par **tout ce qui sert le moins** au quotidien (décoration, vaisselle précieuse, livres...).

Intercalez une épaisseur de **papier bulle entre chaque assiette**. Et écrivez un gros FRAGILE sur chaque face du carton.

Munissez-vous de **cartons-penderies** pour les vêtements sur cintres (manteaux, costumes, robes) : cela vous fera gagner un temps précieux. Pensez à utiliser des cintres très fins pour gagner de la place sur le portant. Pour les protéger durant le transport, une simple couverture enveloppant le tout fera l'affaire.

Pour les vêtements qui seront **stockés dans une cave**, par exemple entre deux âges d'enfants, privilégiez les caisses en plastique, étanches aux odeurs et à l'humidité. Vous pouvez doubler ces caisses par des grands sacs de congélation ou des sacs sous-vide, c'est encore plus efficace en cas d'inondation. Placez les **livres** dans des cartons de petite taille pour ne pas être tenté d'en mettre trop à la fois (le carton deviendrait intransportable). Si vous n'avez que des grands cartons, remplissez-les à moitié de livres et comblez le vide avec des oreillers.

Achetez des gros rouleaux de **film plastique** : c'est peu écologique, mais cela protège bien et offre un vrai gain de temps. Par exemple, on peut remplir un meuble à tiroirs de choses légères (coussins…). Une fois enroulé dans un film plastique, le meuble peut être placé sur une planche à roulettes, les tiroirs ne bougeront pas, le meuble sera protégé des rayures et le poids sera supporté par la planche et non par votre dos.

De même, le canapé entièrement enrubanné sera mieux protégé qu'avec des couvertures qui risquent de glisser pendant le trajet.

• EMMÉNAGER

Il ne vous reste plus qu'à prendre possession de votre nouveau « chez vous » !

C'est la partie que je préfère.
J'y vois la possibilité de faire ce que je veux,
comme sur la toile blanche d'un artiste...

Dans un premier temps, écoutez vos émotions : ne sortez que ce qui vous est vraiment utile ou qui vous procure du plaisir à regarder.

Imaginez chaque pièce en vous demandant quelle est sa **fonction** et de quoi vous avez **besoin** dans cet espace.

Pensez en amont à la « place logique » de chaque chose, de chaque meuble. Pour vous y aider, reportez-vous au chapitre qui concerne l'aménagement d'une nouvelle pièce.

Emilie
Margot

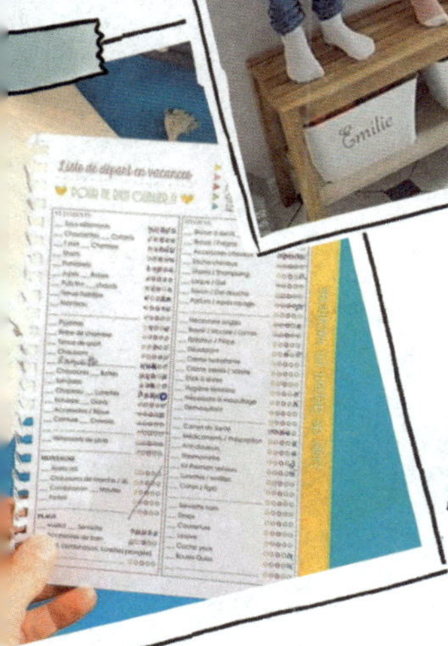
Liste de départ en vacances

MARGOT
NATHAN

L'AMÉNAGEMENT ET L'ENTRETIEN DE LA MAISON

4
3
2
1

QUATRE ÉTAPES INDISPENSABLES

Quelle que soit la pièce de la maison que vous souhaitez réorganiser – chambre, salle de bain, cuisine ou salon – vous pouvez suivre ces quatre étapes qui reviennent systématiquement :

1. TRIER

2. NETTOYER

3. ORGANISER

4. ENTRETENIR

Chaque fois que vous vous lancez dans l'organisation d'un espace, n'hésitez pas à adapter chacune de ces étapes au type de pièce.

Types de rangement et fonctions varient de même entre chaque pièce. C'est pourquoi je vous propose, dans les chapitres qui suivent, de passer à la loupe chaque recoin de la maison !

• TRIER

En éparpillant les objets d'une même catégorie, nous perdons beaucoup de temps à les retrouver lorsque l'on en a besoin. Vous seriez étonné de voir le nombre de foyers qui conservent des médicaments à la fois dans la salle de bain, la cuisine, la chambre et les toilettes !

Commencez donc par **regrouper tous les objets similaires** : tous les ciseaux, tous les vases, etc. Prenez chaque objet et posez-vous les **questions suivantes** :

- À quel besoin répond cet objet ?
- De combien en ai-je besoin ?
- N'ai-je pas un autre objet similaire ?
- Cet objet est-il encore suffisamment en bon état pour que je m'en serve ?
- Est-ce que je prends plaisir à le regarder et à l'utiliser ?

En fonction des réponses que vous apportez à ces questions, plusieurs options s'offrent à vous :

1. JETER

Si les objets, les vêtements, les meubles sont irréparables, cassés, inutilisables, jetez-les (dans les poubelles de tri ou aux encombrants, bien sûr). Idéalement, réfléchissez aussi à tout ce que vous pourriez réutiliser en le détournant de son usage initial – on parle d'*upcycling*. Attention : **fixez-vous une date limite** pour réaliser votre *upcycling*. Une fois cette échéance passée, considérez qu'en réalité, vous n'en avez pas vraiment besoin et que vous pouvez donc vous en débarrasser.

2. DONNER

Donner, oui, mais **sans imposer**…

Ne profitez pas de votre désencombrement pour encombrer vos proches à leur tour.

Je préfère inviter mes amis et mes frères et sœurs à venir choisir dans les caisses que j'ai préparées, plutôt que de leur livrer des sacs complets dont la moitié va les encombrer à leur tour !

Une fois qu'ils ont fait leur choix, je propose tout ce dont ils ne veulent pas :

- aux **associations** (vêtements, électroménager, meubles...), en les appelant avant pour cerner ce dont elles ont besoin,
- aux **écoles** (crayons, papeterie, contenants, livres, jeux, etc.), après avoir interrogé les maîtres et maîtresses,
- aux **bibliothèques** pour tout ce qui est livres, BD, DVD, CD.

3. VENDRE

Personnellement, pour ne pas perdre trop de temps entre les emballages, les litiges et La Poste, je privilégie les **vide-greniers** et les **brocantes** plutôt que Vinted ou Le Bon Coin. Cela dure un ou deux jours et c'est plutôt efficace pour désencombrer. Mais de façon générale, je préfère donner plutôt que d'avoir à stocker entre deux brocantes.

4. RANGER

Tout ce que vous déciderez de garder doit trouver sa place et doit être utilisé. Ne gardez pas pour stocker : **utilisez, admirez, vivez avec** ! Les seules choses que je conserve, ce sont les vêtements des grandes pour ma petite dernière... et encore, j'effectue un choix drastique.

• NETTOYER

Avant de ranger chaque objet, prenez le temps de le nettoyer au préalable ainsi que l'étagère, le tiroir ou le meuble qui l'accueillera.

Ce serait dommage de laisser la poussière gâcher le travail accompli et cela vous permettra de **donner une nouvelle énergie** à votre maison.

Ne vous contentez pas d'enlever la poussière. Profitez que l'espace soit à nu pour vraiment le désincruster.

En général, j'en profite également pour donner un petit coup sur les objets que je souhaite vendre ou donner. Ainsi, je perds moins de temps le moment venu et ils ont une plus belle allure sur mes photos.

• ORGANISER

Il est temps de **tout ranger à sa place** et d'entretenir ce rangement en désencombrant régulièrement.

Lorsque vous organisez une pièce, demandez-vous quelle est la fonction de chaque espace. Par exemple, pour une salle de bain :

- se laver (douche, baignoire) ;
- faire sa toilette (dents, cheveux, visage…) ;
- se soigner (pharmacie, carnets de santé…) ;
- stocker (trousses de toilette, réserves de dentifrice, gel douche, etc.).

Une fois les différentes fonctions déterminées, il est plus facile de savoir où ranger chaque catégorie d'objets.

Pensez à expliquer à vos proches comment vous avez imaginé la pièce et à leur donner une **explication logique au rangement** : « Dans cet espace se trouve tout ce dont tu as besoin pour nettoyer la cuisine. C'est facile puisque c'est près de l'eau et de l'évier », « Ici, autour des plaques de cuisson, tu as tout ce qui te permettra de préparer et de cuire les repas », etc.

Et pour que toutes les choses que vous gardez servent, **rendez-les accessibles** ! Personnellement, j'évite de faire plus de deux gestes pour atteindre un objet. Par exemple, vous utiliserez beaucoup moins votre appareil à raclette s'il est rangé dans son carton, dans un placard haut de la cuisine.

Pourquoi ? Parce qu'il vous faudra sans doute :

- prendre un marchepied,
- ouvrir le placard,
- sortir la boîte,
- sortir l'appareil.

Et tout autant de manipulations pour le ranger !

Alors que si ce même appareil est rangé hors de sa boîte, dans un placard accessible, il vous suffira :

- d'ouvrir le placard,
- de prendre l'appareil.

En diminuant par deux le nombre d'actions pour atteindre votre appareil, vous l'utiliserez donc beaucoup plus !

Si vous n'avez pas assez de place pour tout ranger à portée de main, essayez quand même de ***limiter au maximum le nombre de gestes*** *que vous aurez à effectuer. Par exemple, si vous supprimez la boîte, c'est déjà un geste de moins et une économie de place dans le placard !*

• ENTRETENIR

Puisque vous n'aurez gardé que le minimum, les surfaces seront plus dégagées et le ménage sera également simplifié.

Là où vous aviez vingt bibelots, seuls les trois ou quatre qui vous tiennent le plus à cœur occuperont désormais l'espace. C'est autant de temps gagné sur l'entretien et le ménage à venir.

Dans le même ordre d'idées, laissez le moins de choses possibles à l'air libre, en les mettant à l'abri de la poussière. Par exemple, dans ma salle de bain, je range pratiquement tout dans un tiroir (brosses, dentifrice, maquillage, parfum…). Je ne laisse autour du lavabo que le savon pour se laver les mains et les appareils qui sont trop grands pour être rangés et servent tous les jours.

Ainsi, quand vient le soir, je n'ai pratiquement rien à déplacer pour nettoyer mon lavabo : en un seul geste avec ma petite lingette, tout est propre !

Si vous avez un grand espace de rangement, n'hésitez pas à le **diviser** avec des paniers en rotin, des caisses en plastique ou des boîtes à chaussures.

Une fois le tri fait et l'organisation trouvée, le plus gros du travail est effectué.

Tout ce que vous avez à faire désormais est de maintenir votre organisation : jetez régulièrement un coup d'œil dans vos placards pour vérifier que tout est à sa place et qu'il n'y a pas de nouveau tri à effectuer.

cadeau
de l'arrière-
grand-tante
Vendre
Jeter
Donner
Ranger

DÉSENCOMBRER SA MAISON

Je suis toujours effrayée de constater que de nombreuses personnes consacrent des pièces entières au stockage de tout ce qu'elles ont accumulé au cours de leur vie. Avec l'idée que ça pourrait resservir un jour. Sans parler du coût de stockage des choses « pour le cas où » dans des box à plusieurs dizaines d'euros par mois.

C'est ainsi que, lorsque nous avons adopté notre chien, mes parents m'ont donné la caisse du leur, qu'ils avaient conservée pendant vingt ans… Bien sûr, elle était là donc nous l'avons prise. Mais j'aurais pu tout à fait en dénicher une à bas prix sur Le Bon Coin, m'en faire prêter une par des voisins ou même imaginer un système D. Est-ce que la dizaine d'euros économisée valait le coup de la stocker vingt ans ?

Quand je fais du tri dans ma maison, je pense aussi au jour, lointain j'espère, où nous allons disparaître, et où mes enfants devront trier tous ces souvenirs entassés. Cela sera certainement difficile, douloureux… et chronophage ! C'est aussi pour cela que je suis convaincue de l'intérêt de désencombrer régulièrement sa maison.

• CHOISIR LE BON MOMENT

On me demande souvent quand faire du tri. Est-ce une fois par semaine ? Une fois par an ?

Tout dépend de vous, de votre énergie et de votre emploi du temps.

Je désencombre régulièrement les placards grâce à ma routine quotidienne mais, une à deux fois par an, l'envie me prend de faire un gros « désencombrement de printemps ».

Parfois, j'attends plusieurs mois avant de me lancer dans une opération désencombrement. Une fois que j'ai commencé, plus rien ne m'arrête ! Le début des vacances scolaires est souvent un moment très propice pour moi car je ressens le besoin de faire du vide, mais rien n'empêche de profiter de cette énergie, à tout moment de l'année, pour donner un grand coup de balai !

Je préfère **désencombrer pièce par pièce car j'ai besoin que cela se voie**. C'est plus efficace que de faire tiroir par tiroir, j'ai ainsi une meilleure vision d'ensemble, et, une fois terminé, c'est beaucoup plus gratifiant.

Quand je me lance dans ce grand désencombrement, je commence en général par la pièce la plus éloignée de mon lieu final de stockage (cave, garage, grenier…). Cela me permet d'évacuer le trop-plein au fur et à mesure et de laisser derrière moi des pièces impeccables que je ne risquerai pas d'encombrer à nouveau en triant les pièces suivantes.

Pour me motiver, je note au fur et à mesure **mes objectifs de désencombrement**, en définissant des priorités et des tâches que je peux déléguer aux enfants ou à mon mari. Cela me permet de les rayer quand elles sont achevées…

Et, pour **motiver le reste de la famille à participer**, j'insiste beaucoup sur le plaisir que cela me procure : la sensation d'être libérée, et une vraie joie devant un espace renouvelé. Après un grand désencombrement, j'interroge les enfants :

- Préfères-tu la pièce comme elle était avant, ou maintenant ?

- Comment te sens-tu dans cette pièce bien ordonnée ?

Je n'achète en tout cas **jamais de nouveaux rangements** : il leur faudra bien un jour trier ce qui déborde !

Je garde néanmoins à l'esprit que chacun a ses propres besoins en matière d'occupation de l'espace. Tout est une question d'équilibre : chacun doit y trouver son compte.

• LIBÉRER L'ESPACE DE LA MAISON

Les placards, les caves, les garages, les greniers sont remplis d'objets auxquels nous sommes **sentimentalement attachés** et dont nous avons du mal à nous débarrasser.

De fait, notre maison peut rapidement devenir un endroit où l'on stocke :

- des vêtements qui ne serviront plus à notre famille mais que l'on garde pour les futurs cousins ou petits-enfants, mais qui risquent de moisir et de passer de mode alors qu'une famille pourrait en avoir besoin dès demain,

- nos cours de fac, de lycée ou même de primaire en pensant qu'on pourrait, nous ou nos enfants, s'y replonger un jour alors que les programmes évoluent tous les ans et que l'intérêt pour les enfants de faire leurs propres fiches est d'intégrer leurs cours en les synthétisant,

- les albums photos de plusieurs générations, sur lesquels on ne connaît pas le quart des personnes alors que se concentrer sur les personnes connues permet d'ouvrir la discussion sur une histoire familiale,

- des appareils électroménagers qui fonctionnent encore, mais dont on a entre-temps racheté la version plus moderne, plus compacte, plus efficace, plus connectée, alors que demain, ils n'auront plus aucune valeur et seront obsolètes,

- tout ce qui, au moment de notre installation en couple, était en double alors que cela pourrait être utile à d'autres,

- et les paperasses qu'il faudrait trier et jeter… un jour…

J'aime l'idée de ne garder dans ma maison que le **strict nécessaire**. *Exit* le superflu ! Je me sépare sans regret et sans difficulté des objets inutiles. Cela me permet :

- de rester centrée sur l'essentiel,
- d'avoir l'esprit libre, en évitant l'encombrement visuel,
- et, plus prosaïquement, de passer moins de temps à faire le ménage !

Notre maison est surtout là pour offrir à chaque membre de la famille un cadre épanouissant, sain et apaisant.

Dans notre déménagement, nous avons emporté des dizaines de boîtes vides d'appareils électroménagers, de téléphones et d'appareils photos ! J'étais convaincue qu'il fallait les garder pour les garanties, ou que je les revendrais mieux avec leur boîte d'origine, et que c'était utile pour conserver facilement le mode d'emploi et les petits accessoires.

Je me suis finalement rendu compte que conserver les boîtes pour les garanties ne servait à rien, qu'un objet passé de mode ne se vendait pas plus cher avec sa boîte, et que les anciens téléphones n'étaient plus assez performants pour nos applications actuelles... Je n'ai finalement gardé qu'un seul smartphone de secours, j'ai **jeté toutes les boîtes** et mis les appareils au recyclage...

Si vous désencombrez une pièce en mettant son contenu dans une autre, ce n'est pas du rangement, mais du déplacement :
qui dit désencombrement dit évacuation.

De manière générale, je préfère souvent **me séparer des souvenirs « matériels »** et faire confiance à ma mémoire ! Et, si je veux fixer quelque part les événements importants, j'en garde une trace écrite dans *Mon Petit Organisateur de Vie* : les relire me permet de revivre les bons moments avec autant d'intensité qu'une photo.

• LAISSER CHACUN FAIRE SON PROPRE TRI

Étant plus jeune, il m'est arrivé de faire du tri dans les affaires de mon mari ou de mes enfants en leur absence. Bien mal m'en a pris ! Lorsque les propriétaires se sont aperçus de leur disparition, ils ont été furieux ! J'ai alors réalisé que ce qui me semblait anecdotique avait beaucoup de valeur à leurs yeux et que j'avais trahi leur confiance en me permettant de les jeter à leur insu.

Depuis, j'applique une règle d'or : chacun fait le tri dans ses affaires !

À partir de trois ans, je laisse mes enfants **gérer leur désencombrement** et choisir ce qu'ils gardent ou donnent. Je ne les force pas à se séparer de choses, même si elles me semblent inutiles. Parfois, d'ailleurs, j'ai du mal à les voir se séparer de jeux que j'ai adorés à leur âge ou avec lesquels je les ai vu grandir… Pourtant, j'ai remarqué que ceux que je repêchais dans les caisses restaient finalement dans un placard.

Le tri des jeux et jouets peut être difficile pour les enfants : les grands, qui ne veulent pas totalement se séparer de leurs souvenirs mais n'ont plus envie de les voir dans leur chambre, les « offrent » donc aux plus petits. Ces derniers, eux, sont trop contents de cette accumulation, et s'attachent à leurs jouets même s'ils n'y touchent plus…

Voici comment nous procédons pour désencombrer les jouets des enfants.

1. J'implique les enfants en proposant de faire ensemble alternativement **15 minutes de tri, puis 15 minutes de jeux**, chronomètre en main !

2. **Nous ne conservons que l'essentiel**. Par exemple, pour la cuisinière d'enfant, nous n'avons gardé que de quoi mettre quatre couverts et une seule sorte de fruits et légumes.

3. **J'interdis aux grands de se délester sur les petits**. Soit ils ne veulent plus de leurs jouets, soit ils les gardent jusqu'au jour où ils seront prêts à s'en séparer.

4. Ils mettent dans une caisse les jouets dont ils ont choisi de se séparer et **je repêche moi-même** ce qui peut passer directement chez les plus jeunes.

5. Quand ils hésitent à se débarrasser d'un jeu avec lequel, de fait, ils ne jouent plus, je leur propose de **« jouer une dernière fois avec »**. Le risque étant qu'ils ne veuillent à nouveau plus s'en séparer et que celui-ci attende la prochaine session de tri.

6. Ce qui reste après mon tri est réparti en trois caisses qui contiennent :

- les jeux à **conserver** dont les petits profiteront en grandissant et que je ressortirai le moment voulu,
- ceux que je **donne** (école, associations, etc.),
- les jeux comme neufs qui serviront pour faire des **cadeaux**.

Beaucoup de parents ont aussi du mal à **se séparer des dessins** de leurs enfants. Pour ma part, je garde précieusement dans une boîte deux ou trois dessins représentatifs de l'année que je date et nomme. Pour le quotidien, j'ai dédié un espace (une porte) sur lequel j'affiche les dessins les plus beaux, **« en cours d'admiration »**.

Lorsque mes enfants m'offrent un nouveau dessin, je leur propose de remplacer l'ancien, longtemps contemplé, par celui-ci, encore plus beau ! Bien expliqué, cela ne leur pose pas de problème.

• ÉVITER DE S'ENCOMBRER INUTILEMENT

Désencombrer c'est bien mais pour éviter de recommencer chaque semaine, je **limite tout ce qui entre chez nous**.

Cela commence par les papiers, mais cela peut aussi être un **cadeau** reçu et qu'on ne souhaite pas garder parce que :

- il ne nous plaît pas (tout le monde peut se tromper),
- il est inutile (en double, pas fonctionnel chez nous, etc.),
- il encombre beaucoup trop notre foyer.

Essayez d'inverser les rôles : si vous aviez offert un cadeau « manqué » à quelqu'un, qu'aimeriez-vous qu'il en fasse ? Personnellement, je n'aimerais pas qu'il le garde uniquement pour me faire plaisir et qu'il l'enferme définitivement au fond d'un placard. Je préférerais qu'il me remercie pour l'attention que je lui ai portée mais qu'il le vende, l'échange ou l'offre à quelqu'un d'autre.

Désormais, je ne garde plus rien « pour faire plaisir ».

Je procède de même pour les **photos**. Lorsque, pour un même événement, j'ai dix prises de vue avec des angles différents, je ne garde que la meilleure photo. Et pour éviter de jeter un tirage, certes bon, mais en double, je l'envoie aux proches qui y figuraient. Quant à scanner les photos, je trouve cela, pour ma part, extrêmement fastidieux et n'ai pas envie qu'elles encombrent inutilement mon ordinateur.

Lorsque je veux m'acheter quelque chose, j'applique la méthode BISOU, à savoir :

***B**esoin : à quel besoin répond cet objet ?*
***I**mmédiat : est-ce que j'en ai vraiment besoin tout de suite ?*
***S**emblable : est-ce que je n'ai pas déjà quelque chose de semblable ?*
***O**rigine : d'où vient cet objet ?*
***U**tile : est-ce que cet objet me sera vraiment utile ?*

C'est une méthode qui fonctionne également lorsque les enfants me demandent d'acheter quelque chose dans un magasin, plus par envie que par besoin. Rien ne m'empêche de noter l'idée sur *Mon Petit Organisateur de Vie* en prévision de leur anniversaire ou de Noël.

Mood Board

AGENCER UNE NOUVELLE PIÈCE

S'il y a bien une chose que j'aime, c'est aménager une pièce ! Je la vois comme une toile blanche sur laquelle tout est à imaginer pour qu'elle corresponde au mieux à mes attentes.

J'ai par exemple pris énormément de plaisir à imaginer mon bureau dans le sous-sol de notre garage. Je savais que je le voulais très lumineux, assez spacieux pour traiter une centaine de commandes par semaine, avec une table assez grande pour couper mes tissus et laisser libre court à mes envies de couture, un bureau pour mon ordinateur et un espace pour m'adonner à mes loisirs créatifs. Le tout sans oublier de laisser une place dans le garage pour mettre nos poubelles de tri !

Bref, tout un fil de pensées qui a mérité que je mette en place des méthodes et astuces pour agencer cette nouvelle pièce et de créer des espaces à la fois beaux et fonctionnels.

• DESSINER, RÊVER, S'INSPIRER, SE PROJETER

Avant toute chose, il convient d'établir **un plan précis de la pièce**. Pour cela, il faut relever un maximum de cotes :

- dimensions de la pièce (largeur, longueur, hauteur) ;
- emplacement précis des éléments non mobiles (radiateurs, portes et fenêtres, conduits de cheminée, prises électriques, trappes d'accès, etc.).

Si vous avez des difficultés avec le dessin, vous pouvez vous aider de **logiciels d'architecture gratuits** (SketchUp, ArchiFacile…) ou encore utiliser l'outil de conception 3D d'Ikea, très facile à prendre en main.

Une fois le plan établi, reste à imaginer **comment disposer les meubles** dans la pièce. Si vous avez créé un plan sur du papier, découpez des meubles à l'échelle dans du bristol pour pouvoir les faire tourner facilement et trouver l'agencement idéal.

Parallèlement, piochez ici et là des **idées d'agencement et de décoration** : chez des amis, dans des magazines de déco, sur Internet…

Quand j'ai un projet d'aménagement, je passe beaucoup de temps sur Pinterest pour trouver l'inspiration !

J'y repère par exemple les matériaux, les styles, les couleurs, ou encore différentes façons de contourner des difficultés (soupente, conduit de cheminée, pièce en longueur, faible luminosité...).

• DÉFINIR LA FONCTION DE CHAQUE ESPACE

Quand chaque espace a été **bien pensé en amont**, cela facilite le rangement, les déplacements et l'adaptation de tous les membres de la famille à la nouvelle pièce. Pour aménager une nouvelle pièce, je commence donc toujours par réfléchir à ses fonctionnalités et aux différents espaces dont j'aurai besoin.

Ainsi, pour **la chambre de notre ado**, nous avons déterminé quatre espaces correspondant à quatre fonctions différentes :

- repos (lit) ;
- travail (bureau) ;
- rangement (dressing et placards) ;
- détente (fauteuil et tapis).

Par ailleurs, nous avons tout de suite pensé aux différents usages de cette chambre : par exemple, en plus de son lit, il nous fallait un lit d'appoint pour que ma fille puisse inviter des amies à dormir, ou un lit double quand nous recevrions de la famille. Nous avons donc pensé à conserver un espace suffisant pour pouvoir accoler deux lits gigognes, et à prendre par ailleurs des meubles facilement déplaçables.

De même, lorsque j'ai imaginé **mon bureau**, j'ai réfléchi à toutes les activités que j'allais y faire :

- traitement de mes commandes ;
- administratif ;
- stockage de mes créations et de mon matériel ;
- couture, scrapbooking ;
- photos…

Cette étape préalable est indispensable pour déterminer les différents espaces et tout ce qu'on doit impérativement y trouver. Ensuite seulement, on peut commencer à imaginer sa nouvelle pièce.

• PENSER À CHAQUE DÉTAIL

Pour gagner en temps et en efficacité, je cherche à rendre chaque pièce pratique et facile à vivre pour son utilisateur :

- j'organise les **rangements** de manière à ce que chacun puisse s'y retrouver (par exemple, j'étiquette les tiroirs et les étagères des enfants pour qu'ils rangent leur linge aisément) ;

- je fais en sorte d'**optimiser l'espace** pour réduire au maximum le nombre de gestes et déplacements à effectuer dans la pièce.

Ainsi, pour mon bureau, j'ai listé tout le matériel qui serait nécessaire au développement de mon activité professionnelle :

- un bureau d'angle devant la fenêtre pour avoir un maximum de lumière ;

- de nombreux rangements et tiroirs ;

- un meuble pour mes stocks ;

- un plan de travail pour mes machines à coudre ;

- une grande table de travail pour découper mes tissus et traiter mes commandes ;

- au moins quinze prises électriques pour brancher toutes mes machines sans multiprises ;

- au moins deux prises réseau ;

- un lavabo pour laver mes pinceaux ou remplir ma machine à café, etc.

J'ai choisi un meuble d'angle car il me permet d'avoir les deux bras bien à plat quand j'écris, et d'avoir **tout à portée de main** : le scanner d'un côté, l'imprimante de l'autre, l'écran au milieu, et au-dessous, deux blocs tiroirs accessibles sans bouger de ma chaise.

De plus, j'ai **sorti de leurs emballages** mes différentes machines (à coudre, à massicoter, à plastifier…) : je m'en sers avec beaucoup plus de facilité que s'il fallait les sortir puis les ranger à chaque utilisation. Elles ont chacune leur emplacement : je n'ai pas à les chercher, ni à grimper sur un tabouret pour les récupérer.

• ÉTABLIR UN BUDGET

Avez-vous les moyens de vos rêves ? Pour éviter les déconvenues, fixez-vous un budget et dressez **la liste de tous les frais** jusqu'aux plus petits détails.

1. TRAVAUX

Parquet, peinture, électricité, matériel et main-d'œuvre le cas échéant…

2. MEUBLES

Dans le cas de notre chambre d'ado : lit gigogne, bureau, chaise, fauteuil, dressing, table de chevet…

3. DÉCORATION

Luminaires, tapis, cadres, miroirs…

*Plus vous prévoyez large,
moins vous aurez de mauvaises surprises.*

Pour limiter les frais, j'opte parfois pour **des meubles récupérés ou recyclés.** Ainsi, par exemple, j'ai récupéré tous les meubles pour la chambre d'ado (sauf le lit qui devait pouvoir remplir une fonction 3 en 1) : le bureau est bricolé avec deux tabourets et une planche, le bloc tiroirs était dans mon ancien bureau, et le reste du mobilier vient de chez mes parents...

Non seulement cela nous a permis de **faire des économies** et ainsi de mettre plus de budget dans la création de son dressing, mais cela a eu aussi **une vertu éducative**, car nous avons pu démontrer à notre fille que, l'argent ne tombant pas du ciel, on pouvait faire du neuf avec du vieux !

• BIEN CHOISIR SA DÉCO

Au moment où j'écris ces lignes, le jaune moutarde est partout à l'honneur. L'an dernier, c'était un mélange entre le vert émeraude et le bleu canard... Quelle sera donc la couleur tendance de l'an prochain ?

Faites attention avant de céder aux sirènes des magazines de décoration.

Car combien regrettent aujourd'hui d'avoir opté, il y a cinq ans, pour des meubles de cuisine aubergine, d'avoir repeint toute l'entrée en corail ou d'avoir craqué sur un plan de travail en granit vert…

De même, que faire si votre enfant vous demande une chambre aux couleurs de ses héros adorés du moment ? **Réfléchissez bien** avant de peindre toute la chambre en bleu « Reine des Neiges » ou de tapisser un pan de mur avec un papier peint Harry Potter… Quand votre enfant grandira, et ses goûts avec lui, il faudra alors tout refaire.

Changer des meubles de cuisine, repeindre ou détapisser des pièces sont des travaux pénibles et coûteux. Privilégiez donc plutôt une ***décoration neutre*** *- blanc, gris, beige clair… -, et jouez sur les* ***accessoires*** *- cadres, affiches, figurines, éventuellement un pan de mur de couleur, etc. - bien plus faciles à changer le temps voulu.*

ORGANISER UNE CHAMBRE

La chambre est une pièce très personnelle : qu'il s'agisse d'une chambre parentale ou d'une chambre d'enfant, ce n'est pas simplement un endroit où l'on dort, mais un espace privilégié dont il est important de prendre soin.

Chacun y range ses affaires, en est responsable et peut généralement y trouver une certaine intimité. Il est donc important d'adapter son agencement à la personnalité de son occupant plutôt que d'imposer la même méthode à tous.

Voyons un peu comment organiser au mieux cette pièce et gérer en particulier la question des vêtements.

• DÉFINIR L'« ESPACE CHAMBRE »

Comme pour n'importe quelle autre pièce, **pensez la chambre par « fonctions »** et délimitez les espaces en conséquence : dormir (lit), stocker (vêtements, jouets, linge de lit), travailler (bureau), se détendre (tapis, fauteuil, espace jeu…).

Réfléchissez à la **circulation dans la pièce**. Veillez au maximum à ce que votre placard soit le premier devant lequel vous passez lorsque vous sortez de votre lit, pour éviter de gêner le passage si vous partagez votre chambre. Pensez également à avoir **accès à la lumière** facilement en prévoyant si possible de pouvoir l'allumer et l'éteindre depuis votre lit, via un va-et-vient ou une lampe de chevet.

Et, à moins que vous n'ayez des tiroirs intégrés sous votre lit, je vous recommande de **libérer l'espace au sol** pour éviter l'encombrement superflu et pour en faciliter l'entretien.

Si la chambre est partagée, que ce soit en couple ou par plusieurs enfants, chacun doit y détenir un espace personnel déterminé : **son petit coin d'intimité**. Dans cet esprit, je recommande d'utiliser des tables de chevets avec des tiroirs pour pouvoir abriter les objets les plus personnels – masque, bouchons d'oreilles, écouteurs, livres, crèmes, petits trésors des enfants…

Prévoyez aussi un endroit pour poser **les affaires du lendemain** (chaise, valet, étagère, table...) : vous gagnerez beaucoup de temps et d'efficacité si vos vêtements – et bien sûr ceux des enfants – ont été anticipés la veille, agenda en main, en fonction de la météo et des activités de la journée.

Pour la fonction « stockage », essayez de trouver **une place pour le linge de rechange** de chaque pièce : les draps-housses 160 x 200 toujours dans votre chambre, les 90 x 190 dans celle de votre ado, les 70 x 160 dans celle des plus jeunes, etc. Vous pouvez aussi acheter **des parures de couleurs différentes,** ou noter avec des feutres textiles les tailles des draps ou les prénoms de chacun, pour reconnaître d'un coup d'œil dans quelles chambres elles doivent être rangées après lavage.

Vous n'imaginez pas le temps que cela peut vous faire gagner : repensez à votre énervement lorsque vous cherchez un drap et que toutes les tailles sont mélangées !

• LIMITER LE NOMBRE DE VÊTEMENTS

Auparavant, lorsque mes placards débordaient, j'achetais de nouveaux meubles : l'accumulation s'est vite fait sentir. Il est donc important de **limiter l'espace de rangement** et de procéder dans un premier temps à un **tri régulier**. C'est d'ailleurs ce que nous conseille Marie Kondo dans *La Magie du rangement* : elle nous invite à ne conserver que les habits que nous aimons vraiment et qui nous **rendent heureux**. Tout ce qui ne nous met pas en joie doit être abandonné (après avoir été remercié pour ce qu'il a fait pour nous !).

Faire le tri dans vos vêtements permet de :

- mieux les apprécier,
- ne conserver que ceux dans lesquels vous vous sentez beau ou belle – ou confortable selon les besoins,
- perdre moins de temps à vous demander comment vous habiller le matin,
- consommer plus raisonnablement en prenant conscience de vos véritables besoins,
- rendre quelques personnes heureuses en leur donnant les vêtements que vous ne portez plus.

Personnellement, **je ne remise pas mes affaires** d'été en hiver ou d'hiver en été :

- j'aime bien enfiler un petit débardeur sous un gros pull en hiver, ou mettre un gilet bien chaud pendant les fraîches soirées d'été ou d'automne,
- je sais par avance quelle galère ce sera d'aller les chercher à la cave si jamais nous en avions besoin hors saison,
- et puis multiplier cette corvée par tous les membres du foyer me semble être une perte de temps et d'énergie.

Plutôt que d'avoir à faire des roulements, je préfère avoir moins de vêtements et qu'ils rentrent tous dans mes placards !

Moins vous possédez, plus le rangement est facilité.

Une autre méthode que je trouve efficace en matière de tri des vêtements est celle de Courtney Carver, appelée le **« Projet 333 »** (prononcer trois-trente-trois). Le challenge consiste à ne se vêtir pendant 3 mois que de 33 éléments au total. Cela inclut manteaux, accessoires, bijoux et chaussures, le tout en bon état et à votre taille. Sont exclus en revanche les sous-vêtements, les vêtements de nuit, de sport ou de jardinage et les bijoux portés au quotidien (alliance, etc.). Ainsi, au bout de trois mois, vous aurez une véritable idée de ce dont vous avez besoin et de ce qui vous a réellement manqué.

• TROUVER LE BON MODE DE RANGEMENT

Pour m'y retrouver dans mes placards, je range tout **par type de vêtements et par couleur** :

- sous-vêtements, chaussettes, collants, pyjamas, affaires de sport dans des tiroirs ;
- pulls, hauts et bas sur des étagères ;
- robes et manteaux dans une penderie.

Marie Kondo propose aussi une **technique de pliage** qui permet de gagner une place incroyable dans les placards : les vêtements ne sont plus empilés les uns sur les autres, mais pliés-roulés côte à côte, **verticalement**. Sa méthode s'adapte aussi bien aux dessous qu'aux pantalons ou aux t-shirts…

Certaines techniques nécessitent un apprentissage pas à pas – voir les tutos sur ma page Instagram (dans mon guide intitulé « Le pliage vertical »), ou ceux que vous pouvez trouver sur YouTube –, mais une fois la méthode maîtrisée, **l'effet « rangé » est spectaculaire**. Et, dans un tiroir de commode, cela permet de bien voir tous les vêtements qui s'y trouvent.

Certains ont cependant beaucoup de mal à s'y faire : il est essentiel de s'adapter à la personnalité de chacun !

Pour **les chaussures**, rien de mieux que de les voir pour pouvoir les assortir à vos tenues et de les disposer de façon à ce qu'elles ne se déforment pas. Soit vous avez assez d'espace pour les aligner les unes à côté des autres, soit vous pouvez opter pour des boîtes transparentes ou des boîtes pleines sur lesquelles vous collez une photo des chaussures.

Je vous déconseille fortement de les entasser dans un tiroir ou dans une boîte, de peur qu'elles ne se salissent entre elles ou qu'elles ne s'abîment sous le poids de la pile. Pour que vos chaussures gardent **leur jolie forme**, si vous n'avez pas d'embauchoirs, optez pour du papier journal ou de l'essuie-tout en boule. Quant à vos bottes, un simple carré de bristol enroulé ou un carton d'essuie-tout feront l'affaire pour les maintenir droites.

• AGENCER LA CHAMBRE D'UN ENFANT

Vos enfants grandissent très vite. Pensez donc à prendre des **lits évolutifs** ou à passer à des lits d'adultes dès qu'ils sont en âge d'y dormir. Attention également au choix du lit ! Même s'ils font rêver tous les enfants, les lits en hauteur sont très difficiles à faire : l'accès au matelas côté mur est compliqué et il faut souvent le porter à bout de bras. Attendez peut-être que votre enfant grandisse pour exaucer son vœu. Ainsi, il sera en mesure de border lui-même son lit.

Pour que vos enfants apprennent à **ranger leurs habits** propres et à préparer leurs affaires pour le lendemain, il faut qu'ils aient :

- des tiroirs à leur hauteur, pour qu'ils puissent en voir le contenu sans se mettre sur la pointe des pieds,

- une penderie pas trop haute pour attraper les cintres sans grimper sur une chaise,

- un nombre d'habits limité, car plus leur armoire est pleine, plus ça déborde et plus il leur est difficile de la maintenir rangée.

Je vous recommande les **tiroirs** plutôt que les étagères, pour éviter les débordements et les piles effondrées, y compris pour le rangement des jouets. À l'intérieur des tiroirs, mieux vaut un rangement vertical plutôt qu'en piles, pour éviter de tout défaire pour prendre le vêtement du dessous, même si les plus jeunes auront sans doute un peu de mal à appliquer la technique. Adaptez-vous à chacun. Et n'oubliez pas :

Je teste une organisation, je peux me tromper et tester autre chose.

Enfin, chez nous, les enfants n'ont pas tous un **bureau** dans leur chambre. Je trouve qu'ils sont plus efficaces lorsqu'ils travaillent ensemble dans la salle à manger. Cela me permet de vérifier qu'ils font bien leurs devoirs plutôt que de jouer ou d'être sur Internet, et je peux surveiller le travail de plusieurs enfants en même temps.

L'ambiance est studieuse et favorise l'entraide : les petits prennent exemple sur les grands et ces derniers peuvent éventuellement les aider. Un bureau pourrait être utile pour les travaux manuels mais là encore, je préfère qu'ils les fassent dans la cuisine où ils pourront s'adonner à leur activité pendant que je prépare les repas, sans que je m'angoisse à l'idée de trouver de la pâte à modeler sur le tapis ou de la peinture sur la table.

Encore une fois, il est important d'**ajuster la théorie aux besoins de chacun** et de ne pas faire d'un cas isolé une règle générale. Par exemple, l'une de mes filles travaille très bien toute seule, sans aide, et a surtout besoin de calme. Elle est donc la seule à travailler dans sa chambre.

M
E
N
S

ORGANISER LA SALLE DE BAIN

Même avec un tout petit espace et une grande famille, il est possible de s'organiser pour rendre l'espace pratique et accessible à tous. Le plus simple : on repart de zéro ! On vide tout, on nettoie, on regroupe par catégorie, on trie (donne, jette, stocke), et on réorganise.

Dans notre appartement précédent, nous partagions une mini salle de bain pour cinq. Elle contenait tout juste une baignoire, un radiateur, un meuble vasque et une armoire peu profonde. Pour que cela soit plus pratique et pour que les enfants gagnent en autonomie, j'avais ôté l'armoire et l'avais remplacée par un meuble suspendu qui contenait la pharmacie. Sur son côté, j'avais vissé deux crochets pour les serviettes des adultes, et au-dessous, j'avais fixé au mur des patères à la hauteur des enfants pour qu'ils puissent pendre les leurs sans aide.

Aujourd'hui, je dispose de plus de place, mais les grands principes restent les mêmes.

• FAIRE LE VIDE

Quand ma salle de bain devient si désordonnée que :

- je n'éprouve plus de plaisir à y entrer,
- les enfants sont obligés de me solliciter quand ils ont besoin de trouver des produits,
- je rachète des choses que j'avais déjà,

alors je commence par la **vider intégralement**.

Puis je trie :

- les médicaments **périmés** qui iront à la pharmacie,
- les produits **ouverts** depuis trop longtemps et à jeter,
- les produits **encore utilisables** mais que j'ai en double ou dont je ne me sers plus (crème d'allaitement, changes pour bébé) à donner à des amies,
- les produits **presque terminés** (avec obligation de les finir avant d'en racheter !),

- les **échantillons** à utiliser pendant les vacances ou à donner.

N'hésitez pas à tout sortir de la salle de bain pour y voir plus clair et profitez-en pour la nettoyer en profondeur avant de tout ranger à nouveau.

• CLASSER PAR USAGE

J'utilise des **séparateurs de tiroirs** et des **paniers** pour ranger et regrouper par usage tout ce qui se trouvait jusqu'alors en vrac :

- corps (savons, crèmes, pince à épiler, épilateur, rasoir),
- visage (crèmes, maquillage, démaquillant, cotons),
- dents (dentifrices, bains de bouche, fil dentaire, embouts de rechange, chargeur),
- cheveux (soins, brosses, pinces, élastiques, shampoing, sèche-cheveux),
- mains (crèmes, coupe-ongles, limes, vernis, dissolvant),

- hygiène intime (crèmes, protections hygiéniques – j'en laisse aussi aux toilettes pour les invitées),
- oreilles (cotons-tiges, sprays),
- yeux (lentilles et sérum physiologique)…

Je différencie également les produits que j'utilise quotidiennement, ceux que j'utilise moins régulièrement et ceux qui constituent mon stock.

Bien sûr, **l'espace pharmacie** reste placé hors de portée des enfants pour éviter les accidents. Vous pouvez y ranger les carnets de santé et les produits familiaux : pansements, désinfectant, thermomètre, arnica, crèmes solaires, anti-moustiques, spray nasaux.

• OPTIMISER L'ESPACE

La salle de bain étant généralement un espace limité, chaque objet a sa place définie.

Résultat : je retrouve tout en un clin d'œil, et le reste de la famille aussi !

Pour que **le lavabo** soit plus facile à nettoyer et plus agréable à regarder, j'y laisse le moins de choses possibles et je range non loin tout ce que j'utilise au quotidien.

Dans **la douche** ou au bord de la baignoire, pas d'accumulation de produits : un seul gel douche et un shampoing. Nous évitons ainsi qu'ils nous tombent sur les pieds ou qu'ils soient sources de moisissures. Méfiez-vous également des accessoires de rangement qui tiennent sur des ventouses. Ils ont généralement une durée de vie limitée.

Inutile d'accumuler **les serviettes** : deux sets par personne suffisent, et deux de plus pour les invités. Pour qu'elles prennent moins de place dans les placards, je vous conseille de les rouler. Au quotidien, je me sers de serviettes brodées aux noms des enfants pour qu'ils sachent laquelle est la leur (et qui ne l'a pas rangée !) et j'ai à nouveau adapté les patères à leurs tailles pour encourager l'autonomie. Les serviettes des adultes sont pendues sur notre sèche-serviette afin d'allier utile (séchage des serviettes) et gain de place (pas de patère murale et encombrement faible).

N'hésitez pas enfin à regrouper vos **petits articles** (élastiques, maquillage) dans des contenants dédiés pour éviter qu'ils ne se dispersent dans vos tiroirs : jolies boîtes, bocaux transparents ou petits paniers.

• ADOPTER DES RÈGLES DE SAVOIR-VIVRE

Lorsque l'on vit en communauté, le respect mutuel est très important. Pour cela, nous avons adopté quelques règles de base :

- on ramasse et on étend sa serviette de toilette,
- on repose les gels douche sur le bord de la baignoire,
- on place les jouets dans un filet pour qu'ils s'égouttent,

- on passe un peu d'eau dans le bac pour ôter mousse et cheveux,

- on rince le lavabo pour éliminer les traces de dentifrice,

- on range ses affaires dans son tiroir personnel.

Dans la salle de bain comme dans les toilettes, personne ne doit laisser la trace de son passage.

Pour **économiser l'eau** lorsque plusieurs enfants sont dans le bain, j'ai une petite astuce : le niveau ne doit pas arriver au-delà du nombril du plus petit d'entre eux lorsqu'il est assis. C'est suffisant pour jouer et se laver, et cela permet de réduire les accidents et l'effet piscine à débordement !

Quant au **rythme des lavages**, j'ai trouvé un moyen pour que ça ne soit pas une bataille au quotidien : je me décharge sur le médecin ou le dentiste ! Lors des consultations avec les enfants, je demande au docteur : « Combien de fois doivent-ils se laver le corps, les cheveux, les dents par jour ? ». Lorsqu'ils rechignent, je rappelle alors que c'est le dentiste qui a recommandé un brossage de dents matin et soir…

CUISINE FACILE

ORGANISER LA CUISINE

Je commence toujours par organiser et nettoyer la cuisine car elle est le lieu central de la maison : les enfants y prennent leurs repas, cuisinent avec nous, on discute, on rit, on partage de bons moments. Nous y passons beaucoup de temps. C'est pourquoi j'aime qu'elle soit toujours rangée et propre.

La cuisine est en outre un lieu stratégique de l'organisation familiale puisque c'est là que se jouent la préparation et la logistique des repas.

Lorsque j'ai pu la rénover – après plusieurs années d'économies pour réunir le budget nécessaire –, j'ai surtout cherché à la rendre bien plus pratique qu'elle n'était ! Que vous ayez une grande ou une petite cuisine, voici quelques astuces pour l'optimiser et tirer parti de chaque recoin…

• PENSER PAR « PÔLES »

Pour qu'elle soit pratique, pensez votre cuisine par « usage » : laver, cuisiner, cuire, stocker...

Personnellement, j'en dénombre six.

1. PÔLE PRÉPARATION

Il est situé non loin des **points de cuisson** et des **poubelles**.

À droite de l'évier, j'ai la chance de disposer désormais d'un grand plan de travail, que je veille à laisser totalement dégagé ; j'ai groupé dans un angle mes robots de préparation.

Les tiroirs et placards contiennent tous les ustensiles dont on se sert pour cuisiner : bols et couteaux de cuisine, planches à découper, accessoires à pâtisserie et livres de cuisine.

2. PÔLE CUISINE

Il se trouve généralement près des **plaques de cuisson** et du **four**.

Les grands tiroirs bas contiennent les poêles, les casseroles et leurs couvercles, et plus généralement les objets lourds. Et sous la colonne du four, tous les plats et accessoires idoines.

Les fouets, spatules et autres louches sont accessibles, mais regroupés dans un pot.

Pour que mon **plan de travail** reste libre, j'ai placé mes bocaux à épices sur une étagère, mais j'ai fait de cette contrainte un atout « déco » en utilisant de beaux matériaux – bois, verre et des étiquettes joliment calligraphiées.

3. PÔLE NETTOYAGE

Il est concentré autour de l'**évier**, sous lequel sont rangés les produits ménagers, éponges, microfibres, torchons, sacs poubelles, seau et serpillères.

Lorsque j'ai conçu ma nouvelle cuisine, j'ai placé la poubelle et le lave-vaisselle de part et d'autre de l'évier, et les ai choisis encastrés pour l'esthétique. Ainsi, au moment de débarrasser, je jette à gauche, je passe sous l'eau devant moi, je range dans le lave-vaisselle à droite, sans bouger de place.

Gain de temps assuré !

Dans le même esprit, j'ai choisi un évier simple, sans égouttoir : cela m'oblige à ranger ! Je peux éventuellement placer une grille sur l'évier mais, en général, je dépose ma vaisselle sur un torchon, et je la sèche et la range dès qu'elle est terminée.

4. PÔLE VAISSELLE

Non loin du **lave-vaisselle**, de grands tiroirs bas contiennent tous les ustensiles du quotidien, pour que les enfants puissent facilement mettre le couvert et ranger le lave-vaisselle : verres, assiettes, couverts, serviettes, carafes et nappes…

5. PÔLE STOCKAGE

Il se trouve près du **réfrigérateur** et du **congélateur**.

J'y ai rangé les contenants, boîtes hermétiques, plats de cuisson et de congélation, saladiers, gourdes, films alimentaires, élastiques, bougies… J'ai aussi prévu un plan de travail non loin du frigo pour pouvoir déposer ce que j'en sors ou dois y ranger.

J'ai placé dans les placards hauts tout ce dont on ne se sert pas au quotidien : verres à pied, tasses à café, plateaux, service à thé, etc.

6. PÔLE NOURRITURE

Il est proche des **points de cuisson**. Une zone petit déjeuner peut être séparée du pôle nourriture. Chez nous, un placard a été dédié au petit déjeuner et au goûter. Il contient café, thé, sucre, chocolat, céréales, confitures, pain, grille-pain, à portée des enfants.

Dans un placard d'angle, je stocke toute les denrées « sèches » (riz, pâtes, farine, sucre, fruits secs…) placées dans des boîtes hermétiques.

Comme nous consommons de moins en moins de conserves, celles-ci sont rangées au sous-sol.

De même, **je fais moins de réserves** et j'achète beaucoup de produits frais au marché, que je garde soit au réfrigérateur, soit dans une coupe de fruits sur mon plan de travail.

• DÉGAGER L'ESPACE

Pour me sentir bien dans ma cuisine, j'aime qu'elle soit dégagée, aussi bien matériellement que visuellement. C'est pourquoi j'ai prévu un maximum de tiroirs et de placards pour tout ranger et que rien ne traîne. Pour autant, ils ne débordent pas : d'une part, j'ai fait **un énorme tri** pour ne conserver que l'essentiel, d'autre part, j'utilise **des boîtes et des séparateurs** pour bien les organiser.

Pour que les poêles empilées dans les tiroirs ne s'abîment pas, plutôt que les coûteux feutres qu'on trouve dans le commerce, je découpe des ronds dans une vieille couverture en polaire.

Dès qu'ils sont sales, je les passe en machine. Ainsi, je recycle et je fais des économies !

Depuis quelques années, j'ai appris à stocker moins de nourriture. Cela me permet d'**économiser de l'argent** car je fais **moins de gaspillage alimentaire**, et du temps car je n'ai plus à faire l'inventaire de mes placards. Désormais, je n'achète que ce qui est prévu dans mes menus et je parcours en un clin d'œil mes étagères presque vides et bien rangées pour éviter les doublons avant d'aller faire les courses.

Je suis convaincue que, pour le matériel comme pour l'électroménager, il est préférable de **ne pas lésiner sur la qualité**. Mieux vaut avoir peu d'objets, mais bien choisis, plutôt qu'un trop-plein d'accessoires.

Un matériel de bonne qualité durera plus longtemps et sera réparable.

À l'inverse, un outil premier prix risque d'avoir une durée de vie plus courte, de se casser rapidement et de ne pas être réparable : aussi vite acheté, aussi vite jeté, aussi vite racheté. Sans oublier que ce type d'appareil peut être mal conçu et faire perdre beaucoup de temps et de sérénité !

• DÉSENCOMBRER VISUELLEMENT

Pour obtenir un effet « waouh ! » quand vous entrez dans votre cuisine, je vous suggère également de **procéder à un nettoyage visuel**. Prenons par exemple, la porte du réfrigérateur. Comme c'est souvent le seul endroit métallique de la cuisine, on a tendance à y aimanter toujours plus d'informations :

- emplois du temps de chaque enfant,
- menus de la semaine,
- listes de courses et *to-do lists*,
- sortie des poubelles et tri sélectif,
- programme du cinéma, menus de la pizzeria « à emporter », horaires de la bibliothèque…,
- conseils nutritionnels,
- dessins des enfants, faire-part, photos, etc.

Ce trop-plein visuel est aussi inesthétique qu'inefficace car on finit par ne plus rien voir !

Personnellement, je vous recommande de **ne garder que l'essentiel**, ce qui concerne la cuisine mais également l'ensemble du foyer :

1. LES MENUS DE LA SEMAINE

Cela m'évite l'habituelle question « qu'est-ce qu'on mange ? », souvent posée par chaque enfant ! Cela permet aussi à celui qui met le couvert de sortir par exemple directement des assiettes creuses et des grandes cuillères s'il y a de la soupe au menu.

2. LE PLANNING DU MOIS

Chacun a ainsi accès aux informations et aux dates de réunions. La cuisine étant un lieu de passage obligatoire où l'on reste de longs moments, cela permet à tous d'en prendre connaissance.

3. UN MÉMO SUR LES DATES LIMITES DE CONSOMMATION

Pour éviter le gâchis, alors que certains produits sont encore tout à fait mangeables au-delà des dates affichées sur les paquets, ce mémo apprend à chacun à différencier la DLUO (Date limite d'utilisation optimale) « à consommer de préférence avant fin… » ou « à consommer de préférence avant le… » et la DLC (Date limite de consommation) « à consommer avant le… »

4. LES INFORMATIONS DE TRI ET DE SORTIE DES POUBELLES

Là encore, cela m'évite d'être la seule à savoir quand doit être effectuée cette tâche !

ORGANISER LE SALON

Une phrase m'accompagne au quotidien : « Votre extérieur reflète votre intérieur. » Car je suis intimement convaincue que, quand ma maison est ordonnée, mon esprit l'est aussi.

Avec la cuisine, le salon est l'autre pièce centrale de la maison. C'est là que nous recevons nos amis, que nous jouons ou dansons avec nos enfants, que ces derniers font leurs devoirs, que nous passons des soirées tranquilles devant la cheminée ou devant un film.

Sans être une adepte du minimalisme aseptisé – deux œuvres d'art dans un salon immaculé –, je garde à l'esprit que, plus j'ai d'objets, de meubles, de livres, de photos, plus je devrai les ranger, les épousseter, les laver, les déplacer… S'il faut manipuler vingt-cinq bibelots pour dépoussiérer une étagère, c'est fastidieux.

Cette pièce doit avant tout être chaleureuse, apaisante, ordonnée… et donc désencombrée !

• DÉLIMITER L'ESPACE DE RANGEMENT

Moins on a de place pour ranger, moins on va conserver de choses : c'est logique !

Par exemple, mon mari est un grand cinéphile et collectionne **les DVD**. Nous avions acheté un meuble dédié qui, après quelques années, s'est avéré trop petit. Les DVD ont alors commencé à envahir les bibliothèques du salon. J'avais calculé que nous pouvions regarder un film par jour pendant trois ans ! Accessoirement, avec l'arrivée des plateformes de VOD, la plupart des films se trouvent désormais en ligne. Nous avons donc circonscrit les DVD au meuble initial et éliminé plus de deux cents titres que nous avons donnés aux amis de passage.

De même, lorsque **les livres** s'accumulent dans la bibliothèque et que les étagères commencent à être sens dessus dessous, c'est-à-dire environ une fois par an, j'opère un tri drastique. Je demande d'ailleurs aux enfants de faire de même dans leur bibliothèque. En effet, pourquoi garder :

- les livres qu'on lira « un jour » et qui traînent depuis de longs mois,
- les livres commencés jamais terminés,

- les livres dont on sait qu'on ne les relira pas,
- les livres achetés sur un coup de tête et décevants,
- les livres pour les tout-petits alors qu'on n'en a plus…

Alors qu'il est si simple de les **offrir** à des amis, à l'école, aux bibliothèques, à des associations, ou encore de les déposer dans les boîtes à livres.

L'achat de livres au **format ebook** et la lecture sur tablette permet aussi de limiter l'envahissement. Sans oublier la **bibliothèque municipale** qui vous permet de découvrir de nombreux ouvrages sans avoir à les stocker chez vous !

• CONFIGURER L'ESPACE

Quand vous aménagez votre salon, rappelez-vous que la place des meubles joue **un grand rôle dans notre quotidien**. Ainsi, dans notre ancien appartement, la télévision trônait au milieu du salon. Elle était omniprésente et les enfants la réclamaient sans cesse. Depuis que je l'ai placée sur un mur qu'on ne voit pas en entrant dans la pièce, tout a changé ! Nous la regardons nettement moins car nous sommes moins tentés.

L'organisation de l'espace se fait autour des **meubles principaux** – qui sont aussi les plus volumineux – et de leur fonction :

- le canapé (recevoir, regarder la télévision, faire une sieste, lire, dormir s'il fait canapé-lit et que le salon se transforme le soir en chambre à coucher) ;

- la table (prendre ses repas, faire ses devoirs, traiter son administratif).

Ce sont eux qu'il faut placer en premier dans votre pièce. La table sera sans doute mieux près de la cuisine, et le canapé proche de votre source de chaleur (cheminée ou radiateur). Agencez ensuite autour d'eux les **meubles annexes** : table basse, bibliothèque et télévision autour du canapé ; vaisselier et meuble où sont conservés vos papiers non loin de la table. Adaptez votre salon selon la forme de la pièce.

1. SALON EN L

Vous avez ici deux espaces bien distincts. Déterminez à quoi ils correspondent. Par exemple, vous pouvez faire un espace salon et un espace salle à manger ou un coin bureau.

2. SALON EN LONGUEUR

Pour casser cette impression, vous pouvez créer plusieurs espaces grâce à quelques astuces : un canapé au milieu pour diviser la pièce en deux, un paravent ou un meuble (commode, étagères…).

3. SALON CARRÉ

Vous pouvez choisir de coller vos meubles aux murs pour optimiser l'espace ou bien utiliser des formes rondes pour casser l'effet carré.

N'oubliez pas de penser aux éclairages ! **Des lumières de différentes intensités** au-dessus de la table vous permettront de créer une ambiance chaleureuse pendant vos repas tout en éclairant suffisamment vos papiers lors du traitement administratif. À côté de votre canapé, de même, il vous faudra une lumière pour lire et pour vos moments de détente. Les bougies contribuent également à l'ambiance de la pièce.

Parfois, au bout de quelques mois, il peut m'arriver de ne plus me sentir bien dans l'espace que j'avais créé. C'est normal, la lumière change et les habitudes aussi. Mais ce n'est pas pour autant que je file dans un magasin de déco. Pour créer une sensation de nouveauté, je n'hésite pas à **revoir toute la disposition** du salon. Par exemple, à Noël, j'aime avoir le canapé face à la cheminée. En été, je préfère l'orienter vers l'extérieur pour profiter de la vue sur les arbres.

Changer de point de vue depuis son canapé peut faire l'effet d'un petit déménagement !

Inverser le sens du canapé, intervertir des fauteuils, échanger les tapis, placer la table perpendiculairement plutôt qu'horizontalement… Ces changements peuvent transformer complètement votre regard sur la pièce, qui vous paraîtra plus large ou plus claire.

• DONNER UNE PLACE AUX ENFANTS

Le salon est un **espace familial** dans lequel les enfants ont autant le droit de vivre que les parents. Pour autant, cela reste une pièce commune où nous stockons le moins possible nos affaires personnelles afin qu'elle conserve sa vocation première : un endroit agréable et calme pour se détendre, travailler, recevoir des amis, etc.

Le salon doit être un environnement propice au développement de nos enfants sans pour autant devenir une salle de jeux.

Lorsque les enfants étaient petits, leur espace de jeu était limité par un tapis sur lequel j'avais mis des meubles à leur hauteur. Tant que la quantité de jeux était raisonnable, j'avais disposé dans le salon plusieurs petits coffres dans lesquels il était facile de les ranger en un claquement de doigts, sans pour autant interférer avec la décoration de la pièce. Et cela me permettait aussi de leur apprendre, dès qu'ils tenaient assis (vers six ou sept mois), à ranger eux-mêmes. Les tout-petits voient ça comme un jeu de transvasement : autant en profiter pour leur donner tout de suite de bonnes habitudes !

Une fois les enfants devenus grands, les jeux se sont accumulés et les enfants ont de plus en plus pris l'habitude de jouer dans leurs chambres, avec leurs amis. Toutes leurs affaires y sont donc rangées. Ne restent dans le salon que les jeux de société qui se jouent en famille. Cela nous permet accessoirement de veiller à ce qu'ils ne soient pas abîmés.

Évidemment, il arrive que certains jeux fassent irruption dans le salon, mais ils réintègrent leur place d'origine une fois les amis partis ou la journée terminée.

Pour profiter de votre jolie déco tout en limitant les couleurs bariolées des **jeux de société** sur vos étagères, vous pouvez les ranger dans des meubles fermés ou glisser les plus petits dans de jolis paniers. Une astuce consiste aussi à recouvrir les boîtes de carton uni ou d'un contreplaqué, ornés d'une jolie étiquette, pour qu'elles se fondent dans le décor.

ENTRETENIR SA MAISON

L'entretien de la maison est inévitable pour garder un environnement sain et se sentir bien chez soi ! Inutile pour autant de transformer votre intérieur en hôpital ou en maison témoin. Il suffit qu'elle soit propre et suffisamment en ordre pour prendre plaisir à y vivre.

Pour y parvenir, rien de tel que de mettre en place quelques routines au quotidien. Objectif : éviter de passer quatre heures le week-end à ne faire que ça ! Si les enfants nettoient leur lavabo aussitôt qu'ils se lavent les dents ou si je passe cinq à dix minutes chaque soir à faire briller mon plan de travail, ce sont autant de petites habitudes qui me feront gagner beaucoup de temps plus tard.

Pour que ma maison soit rangée en un clin d'œil, j'ai aussi une méthode infaillible : j'invite des amis ! Comme il m'est impossible, pour mon bien-être, de les recevoir dans un espace sens dessus dessous, c'est à chaque fois la petite motivation qui me manquait pour tout remettre en ordre rapidement… Hop ! Je désencombre le banc de l'entrée pour pouvoir poser les manteaux. Hop ! Un petit coup sur les coussins pour leur redonner du gonflant. Hop ! Je vérifie que les toilettes et la serviette sont propres. Hop ! En trois secondes, je rassemble les jouets du chien à côté de son panier…

Régulièrement rangée par toute la famille, entretenue avec des produits écologiques, votre maison vous dira merci !

• TENIR UN JOURNAL DE BORD

J'ai découvert en 2012 la **méthode FlyLady** imaginée par Marla Cilley qui m'a énormément servi à structurer mon quotidien dans la maison. Elle recommande, entre autres, de se créer un journal de bord pour y consigner tous les éléments qui peuvent vous aider :

- votre planning global,
- vos défis et missions accomplies,
- vos menus et listes de courses,
- votre budget, etc.

C'est en partie sur ce modèle que j'ai conçu *Mon Petit Organisateur de Vie*.

L'objectif : tout avoir au même endroit !

À vous de personnaliser votre journal de bord selon vos propres besoins, sans oublier de le décorer pour avoir envie de vous y plonger chaque jour !

Parmi les outils proposés par FlyLady, celui qui m'a été le plus utile concerne l'entretien de la maison et **la création de « routines ménages »**. Le nettoyage régulier de la maison et l'intégration de certaines habitudes sont en effet la solution pour éviter un ménage chronophage. Pas question de changer tout votre quotidien du jour au lendemain, il faut **mettre en place progressivement des petits gestes** qui vous faciliteront la vie. C'est ce que FlyLady appelle les « petits pas ».

Votre maison ne s'est pas encombrée et salie en une journée. N'espérez donc pas la ranger et la nettoyer en une journée.

Je m'appuie ainsi sur :

- des routines **hebdomadaires** qui permettent de désencombrer ou nettoyer en profondeur la maison zone par zone ;
- des routines **quotidiennes** qui sont autant de gestes réguliers évitant au désordre de s'accumuler.

• METTRE EN PLACE DES ROUTINES HEBDOMADAIRES

Prenant à nouveau exemple sur la méthode FlyLady, j'ai divisé ma maison en cinq zones (à adapter selon la configuration de votre foyer).

- **Zone 1** – entrée, salle à manger, extérieurs.
- **Zone 2** – cuisine.
- **Zone 3** – salle de bain + une autre pièce (chambre d'amis ou chambre d'enfant ou bureau ou buanderie, etc.).
- **Zone 4** – chambre parentale + une autre pièce (deuxième salle de bain ou chambre d'enfant, etc).
- **Zone 5** – salon, salle de séjour, salle de jeu.

J'ai ensuite **attribué à chaque zone un jour fixe de la semaine**. C'est ce jour-là – et uniquement ce jour-là – que je m'occupe de désencombrer (si nécessaire) ou nettoyer en profondeur la zone concernée.

Par exemple, je m'occupe de la zone 3 (chambre d'enfant) le lundi pour que ce soit propre après le week-end, et de la zone 2 (cuisine) le mardi, jour de marché, car c'est le moment idéal pour nettoyer mon réfrigérateur.

Cette organisation me permet de :

- savoir quel jour telle pièce sera désencombrée ou nettoyée,
- ne plus y penser le reste de la semaine,
- rappeler aux enfants qu'ils doivent ranger leurs chambres la veille du jour dit (ils finissent d'ailleurs par le faire sans qu'on les prévienne, puisque c'est toujours le même jour),
- ne pas consacrer mon week-end au ménage.

Je consacre à chaque zone **maximum 15 minutes**, l'idée étant que ces tâches reviennent suffisamment régulièrement pour que le nettoyage de la maison se fasse progressivement.

Mon astuce : mettre une minuterie pour éviter de dépasser le temps imparti !

Voici quelques idées de tâches à faire en alternance dans chaque zone, avec, en gras, celles qui reviennent le plus régulièrement.

Cuisine

- **Laver plaques de cuisson, four, micro-ondes**
- **Mettre de l'ordre dans les placards**
- **Laver le réfrigérateur**
- **Laver portes de placards et murs**
- **Laver les torchons et les serviettes**
- Nettoyage réfrigérateur + congélateur
- Nettoyage intérieurs tiroirs + placards

Séjour

- **Mettre de l'ordre sur les étagères**
- **Donner de l'eau aux plantes**
- Nettoyer sous les canapés/meubles
- Nettoyer les cadres, tableaux, lampes
- Nettoyer les taches (tapis, canapés...)
- Laver coussins, couvertures, rideaux
- Ranger et nourrir les meubles/bibliothèques

Chambres

- **Mettre de l'ordre dans les placards**
- Nettoyer l'intérieur des placards + tiroirs
- Nettoyer sous les lits et derrière les meubles
- Nettoyer les cadres, les lampes, les tapis
- Aspirer et retourner le matelas
- Laver les rideaux

Escalier, entrée, bureau

- **Ranger le bureau, les étagères, les placards**
- **Faire la poussière**
- Nettoyer les différentes machines
- Nettoyer l'intérieur des placards + tiroirs
- Nettoyer la rampe d'escalier et les marches
- Nettoyer le bol du chien

Salle d'eau

- **Changer les serviettes**
- **Laver la robinetterie du lavabo + douche**
- **Nettoyer les toilettes**
- Laver le tapis de bain
- Enlever les moisissures
- Laver la porte de douche
- Nettoyer et ranger les tiroirs/placards
- Nettoyage profond robinetterie

Extérieur, autres pièces

- **Nettoyer garage/cave/grenier**
- **Balayer le porche**
- Tondre la pelouse, tailler les plantes
- Nettoyer balcon/terrasse
- Entretenir tables/chaises
- Nettoyer, laver et aspirer la voiture
- Laver les vitres extérieures
- Nettoyer le BBQ

À ce nettoyage par zones s'ajoute également chaque semaine **un « soin de la maison »** d'une heure environ qui consiste à :

- ramasser/jeter les vieux magazines,
- changer les draps,
- vider toutes les poubelles,
- passer l'aspirateur au milieu de toutes les pièces,
- passer la serpillère dans la cuisine et la salle de bain,
- nettoyer les miroirs et les portes,
- épousseter les meubles.

Personnellement, je préfère en faire **un peu au quotidien** plutôt que beaucoup en une seule heure, mais c'est sûrement lié au fait que, travaillant à la maison, je passe plus de temps chez moi. Dans ce cas, je répartis également cet entretien selon un ordre logique. Par exemple, je vide les poubelles la veille de leur ramassage, je m'occupe des magazines le week-end après les avoir lus, j'époussette les meubles la veille du jour où je passe l'aspirateur…

Ainsi, chaque semaine, le plus gros de l'assainissement de la maison a été fait. J'aime bien également consacrer une journée pendant mes vacances à faire un nettoyage approfondi de certaines pièces.

Cela me relaxe de ne penser à rien tout en faisant du bien à ma maison.

• METTRE EN PLACE DES ROUTINES QUOTIDIENNES

De même, chaque jour, vous pouvez mettre en place des petits gestes qui, au fil du temps, deviendront des **automatismes** :

1. ROUTINE DU MATIN

- Aérez votre chambre et faites votre **lit**.
- Prenez votre **douche** et profitez-en pour la nettoyer.
- Lancez une machine de **linge**.
- Videz le **lave-vaisselle**.
- Prenez 2 minutes pour dégager et ranger un **« point chaud »** de la maison, ces endroits fourre-tout – commodes, plans de travail, consoles, escalier, etc. – sur lesquels vous posez machinalement vos affaires et où s'accumule systématiquement le désordre.
- Désencombrez ou nettoyez en profondeur durant 15 minutes la **zone du jour**.

2. ROUTINE DE RETOUR DU TRAVAIL OU DE L'ÉCOLE

- Mettez le **linge** à sécher.
- Préparez le dîner, puis faites la **vaisselle** de vos ustensiles et nettoyez le plan de travail.

3. ROUTINE DU SOIR

- Faites briller votre **évier**. C'est un élément central de la méthode FlyLady ! En effet, la cuisine étant le premier endroit où l'on se rend le matin, un évier propre et brillant donne le sourire dès qu'on pose les yeux dessus et provoque un sentiment de fierté.
- Lancez le **lave-vaisselle**.
- Pliez le **linge** et rangez-le.
- Passez un coup de propre vite fait dans la **salle de bain** et dans les **toilettes**.

Soyez attentif à ne pas vous laisser distraire par vos écrans, n'essayez pas d'accomplir deux tâches à la fois et rangez au fur et à mesure : dès que vous en avez terminé avec un ustensile, un journal, un livre, etc., rangez-le.

• DOMPTER SON PANIER À LINGE

Cinq étapes rythment l'entretien du linge.

1. LE TRI

Pour cela, j'utilise **trois corbeilles**, une pour le clair, une pour le foncé, et une pour le délicat, sur lesquelles j'ai apposé des autocollants explicites (images de vêtements clairs et de couleur, images de pelote de laine, de doudou, de bonnet, etc. pour le délicat) pour que, même avant de savoir lire, les enfants sachent trier eux-mêmes leurs affaires.

2. LE LAVAGE

Je jette un œil **tous les matins** sur les panières. S'il y a de quoi faire une machine (ce qui est souvent le cas avec six personnes dans le foyer), je la lance immédiatement. Et s'il y a peu de vêtements, ce qui est rare, ce sera pour demain…

3. LE SÉCHAGE

Je transfère ma lessive et démarre le **sèche-linge** au retour de l'école ou du travail.

4. LE PLIAGE

En **fin de journée**, le cycle est terminé, je sors mon linge et le plie aussitôt. Je dépose ce qui doit être repassé dans une panière jusqu'au mercredi.

5. LE RANGEMENT

Personnellement, je range le linge au moment de me coucher, quand je monte à l'étage, pour **optimiser mes trajets**, mais l'idéal est bien sûr de ne pas reporter à plus tard et de le ranger immédiatement après l'avoir plié.

Quel que soit le moment que vous adopterez, n'oubliez pas que ni les panières, ni le lave-linge, ni le sèche-linge, ni la lingerie ne sont des espaces de rangement. Et, si vos armoires débordent, c'est qu'il est grand temps d'y faire un tri !

• FAIRE SOI-MÊME SES PRODUITS D'ENTRETIEN

Sans être une fervente militante écologiste ou du zéro déchet, je tente, à ma toute petite échelle, de **contribuer à moins polluer**, de mieux consommer et d'adopter des gestes plus écologiques. Par exemple, j'essaie d'acheter moins, et plus de produits d'occasion, de consommer plus local, d'accommoder les restes, ou encore de faire du compost et d'éviter les emballages.

Ainsi, pour le ménage, j'essaie désormais d'utiliser des **produits écologiques** :

- pierre d'argile en guise de crème à récurer,
- « pschitt magique » pour désinfecter la maison,
- eau oxygénée pour les joints grisés.

Avec peu de matières premières, on peut aujourd'hui **faire soi-même quasiment tous ses produits d'entretien**. On évite donc de payer du marketing et d'employer au quotidien des produits chimiques polluants et toxiques.

Je vous recommande de télécharger gratuitement le PDF du livre de Raffa, *Le Grand Ménage*. C'est une mine d'or pour entretenir sa maison naturellement !

Voici quelques recettes de produits maison que j'utilise au quotidien.

1. LE PSCHITT MAGIQUE DE FLYLADY

Dans un pulvérisateur, je mélange :

- ⅓ de vinaigre blanc,
- ⅔ d'eau,
- 1 cuillère à soupe de liquide vaisselle,
- et, en option, 3 à 10 gouttes d'huile essentielle (citron, lavande, *tea tree* ou eucalyptus).

Pour refaire mes dosages et éviter de mesurer les ingrédients à chaque remplissage, j'utilise le même pulvérisateur sur lequel j'ai marqué les trois niveaux (vinaigre, eau, liquide vaisselle) avec de l'adhésif repositionnable.

Un pschitt, quelques minutes de repos,
un coup d'éponge : le tour est joué !

Je l'utilise dans toutes les pièces de la maison – cuisine, salle de bain, toilettes, portes de placard, objets..., mais attention : pas sur le marbre ni sur la pierre calcaire ou le bois ciré.

L'astuce supplémentaire pour votre robinetterie et les surfaces en contact avec de l'eau : **un coup de torchon chaque jour** pour bien éliminer toutes les gouttes d'eau et réduire ainsi considérablement le calcaire... et donc votre temps d'entretien.

2. LA PIERRE BLANCHE OU PIERRE D'ARGILE

Je l'utilise pour entretenir ma **robinetterie** :

- 50 g d'argile blanche,
- 30 g de bicarbonate de soude,
- 25 g de liquide vaisselle,
- 10 gouttes d'huile essentielle de citron.

Mélangez le tout et laissez reposer à l'air libre dans un pot rond de préférence, pour la facilité d'utilisation.

Mode d'emploi : mouillez un chiffon, une éponge ou un tawashi, faites mousser la pierre d'argile, passez-la sur la robinetterie, laissez agir le temps de nettoyer les alentours, puis rincez à l'eau chaude et essuyez avec une microfibre sèche.

3. LE VINAIGRE BLANC

Indispensable, en particulier pour détartrer son fer à repasser, sa bouilloire, ses toilettes ou sa machine à laver le linge. Versez un verre dans le bac de lessive et le reste du litre dans le tambour, puis lancez un cycle à 90° avec les torchons. Et en cas de machine très encrassée, ajoutez un verre de bicarbonate de soude dans le tambour.

Pour atténuer l'odeur du vinaigre et le parfumer, j'y fais infuser durant plusieurs semaines des **épluchures d'agrumes** (clémentine, orange ou citron).

4. LA CRÈME À RÉCURER

Elle est composée de :

- ½ dose de bicarbonate de soude,
- ¼ à ⅕ de dose de sel fin,
- 1 cuillère à soupe de savon neutre liquide,
- 15 à 20 gouttes d'huile essentielle.

Je l'utilise pour éliminer le calcaire tenace dans les **toilettes** : après avoir vidé le fond de la cuvette (en poussant l'eau à l'aide de la brosse), je laisse reposer la crème à récurer toute une journée, puis je frotte.

Il est possible d'utiliser aussi d'autres produits :

- un mélange composé de 50 % de sel fin et de 50 % de bicarbonate, avec du vinaigre blanc (ça mousse), qu'on laisse agir toute la nuit ;

- de l'acide citrique ; on laisse poser quelques minutes, on ajoute de l'eau bouillante, on frotte et on laisse reposer.

5. LE DÉBOUCHEUR

Pour déboucher un évier, je verse du bicarbonate, du vinaigre et de l'eau bouillante et je laisse reposer jusqu'à dissolution du bouchon.

6. L'EAU DÉMINÉRALISÉE

Issue de la vapeur qu'il émet, l'eau de récupération du sèche-linge est déminéralisée ! Je la réutilise donc dans mon **fer à repasser**, ainsi que pour préparer mes produits ménagers maison. Rien ne vous empêche de remplir votre chasse d'eau, de nettoyer vos sols ou votre voiture avec cette eau de récupération. Attention : les plantes ont besoin des minéraux contenus dans l'eau pour vivre.

D'autres produits, en revanche, m'ont moins convaincue, soit parce que les recettes étaient contraignantes, soit parce que les résultats n'étaient pas probants. C'est le cas par exemple de la lessive maison, qui se figeait et était donc trop compliquée à utiliser. Quant à la **vaisselle**, je la fais au savon de Marseille, mais j'ai conservé une distributeur de liquide vaisselle pour mon mari qui préférait cette option.

Rappelez-vous qu'il est important de ne pas forcer votre entourage. Montrez-leur l'exemple, ils finiront peut-être par avoir envie d'adopter vos usages !

• BIEN CHOISIR SES USTENSILES DE MÉNAGE

1. LES TAWASHIS

Ce sont des **éponges japonaises** zéro déchet fabriquées avec des tissus de récupération. Elles sont lavables en machine et réutilisables à l'infini.

J'en ai de toutes les formes et de toutes les matières pour les différents usages : en lin et coton, ou en jersey de coton Trapilho (issu des rebuts des grandes usines de textiles) de la forme d'une éponge carrée ; en 100 % chanvre français écologique, végan, antifongique, antibactérien, dans un grand format pour l'entretien de la maison ; ou encore en 100 % sisal, idéale pour récurer… Celle que j'utilise le plus est en fibres de polyester recyclées, car elle est à la fois légèrement abrasive (mais sans rayer) pour la vaisselle ou le ménage, et exfoliante pour la salle de bain.

2. LA TÊTE DE LOUP

Oui, cet accessoire un peu ringard fait partie de mes « *must have* » ! Bien sûr, il est pratique pour ôter les **toiles d'araignées** du plafond ou des recoins difficiles d'accès, ou encore pour dépoussiérer les luminaires et autres ventilations, mais aussi pour accéder aux dessus des meubles ou se faufiler sous les meubles bas.

3. LE PLUMEAU

Pour un ménage rapide des étagères, des **objets fragiles** ou des endroits inaccessibles comme les tringles à rideaux, le plumeau en plumes d'autruche est votre allié. Grâce à l'électricité statique, il attrape la poussière en un clin d'œil. Il suffit juste de le secouer dehors pour l'en libérer. Je vous conseille d'en prendre un assez long (environ 1 mètre) pour atteindre les **endroits les plus difficiles** tels que les étagères hautes ou les rebords de fenêtres.

4. L'ASPIRATEUR SANS FIL

Il me change littéralement le quotidien car il est beaucoup plus léger et maniable que mes vieux aspirateurs traîneaux. Il aspire et lave mon sol de 60 m^2 en dix minutes seulement et en un seul passage. Un vrai gain de temps et d'énergie !

#samedi
#vendredi
#jeudi
#mardi
#dimanche
#samedi
#mercredi

love

CONCLUSION

• POSITIVER AU QUOTIDIEN

Je suis convaincue que notre bien-être intérieur influe fortement sur notre environnement extérieur. C'est pourquoi, dès la première version de *Mon Petit Organisateur de Vie*, en 2012, j'ai inclus dans chaque semaine un espace pour noter son **bilan positif hebdomadaire**.

Toutes les semaines, prenez le temps de noter les événements positifs qui ont marqué les jours précédents.

Pour ma part, je note :

- mes fiertés personnelles,
- mes objectifs atteints,
- les bons moments partagés en famille ou avec des amis,
- les petites phrases lues ou entendues.

Cela me procure un bien-être immédiat et contribue beaucoup à mon **épanouissement personnel**.

De même, quand mon moral est en berne, je reviens sur mes bilans des semaines passées et je constate ainsi tout ce qui m'est arrivé de positif. C'est un bon moyen de prendre conscience que, même si on se sent mal un jour, la vie vaut quand même sacrément la peine d'être vécue !

• ÊTRE FIER DE SES RÉUSSITES

Dans le même esprit, en décembre, faites le **bilan positif de l'année écoulée**. Partez d'une feuille vierge ou bien reprenez vos bilans hebdomadaires et notez tout ce que vous avez accompli, toutes vos réussites, même insignifiantes. C'est extrêmement gratifiant !

Cela vous permettra de cerner la façon dont vous avez évolué et de vous fixer de nouveaux objectifs pour l'année à venir.

Listez, par exemple :

- les défis relevés,
- les travaux que vous avez accomplis,
- les imprévus que vous avez gérés,
- les moments heureux que vous avez passés,
- les petits riens qui vous ont rendu joyeux,
- les attentions que vous avez reçues ou données,

- les bonnes habitudes que vous avez réussi à prendre et à conserver,
- mais aussi les leçons que vous avez tirées de vos erreurs,
- et les épreuves que vous avez surmontées et qui vous ont rendu plus fort…

Vous pouvez être fier de vous !

• VOUS ÊTRE RECONNAISSANT

Pensez enfin à vous remercier régulièrement pour :

- tous les efforts que vous fournissez au quotidien, même quand vous êtes fatigué,

- l'amour que vous donnez aux autres et le temps que vous leur consacrez,

- l'énergie que vous déployez pour être agréable à vivre et rendre votre maison plus belle et plus confortable pour tous.

Vous êtes formidable et vous méritez toute votre gratitude !

REMERCIEMENTS

Je souhaite remercier toutes les personnes qui m'inspirent depuis mon enfance et qui ont fait de moi la personne organisée que je suis devenue :

- à mon grand-père qui étiquetait et organisait toutes ses affaires, de ses albums photos à ses outils si bien rangés au mur, chacun à leur place sur leur empreinte,
- à ma grand-mère qui n'allait jamais se coucher sans que sa cuisine brille,
- à ma maman pour son goût des listes (*to-do*, vacances, menus), sa gestion hors pair des retrouvailles familiales pouvant aller jusqu'à trente personnes, son sens de l'espace et de la déco,
- à mon papa pour sa gestion parfaite du timing et pour ses routines si bien ancrées dans son quotidien,
- à ma grande sœur, avec qui j'ai découvert et mis en pratique la méthode FlyLady,
- à ma petite sœur, toute première fan de *Mon Petit Organisateur de Vie*, pour ses précieux conseils sur le déménagement et pour son écoute,
- au reste de ma famille avec qui j'apprends tellement sur la vie en communauté.

Je souhaite également remercier toutes les personnes qui ont permis à ce livre de voir le jour :

- à Mathieu et sa compagne, qui ont cru en moi depuis le début,
- à Caroline et Emmanuelle qui ont tout de suite adopté le projet,
- à Marianne qui a fait un travail formidable pour mettre en forme tout mon contenu Instagram,
- à Sandrine qui a su d'une main de maître m'aider à finaliser le déroulé du livre ; merci pour ton sens pratique et ta patience,
- à mon mari bien sûr, pour son soutien sans limite, son aide au quotidien, sa patience, sa douceur et son amour infinis,
- à mes enfants tant aimés, pour leur amour, leur aide au quotidien, leur patience également et pour tous ces plats de pâtes qu'ils se sont cuisinés eux-mêmes les soirs où je m'enfermais de longues heures dans mon bureau pour travailler à la finalisation de ce livre.

Merci enfin à vous, chers lecteurs, pour la confiance que vous m'accordez en lisant ce livre qui, je l'espère, vous facilitera le quotidien.

Vos réussites et votre épanouissement dans vos foyers respectifs seront ma plus grande récompense. Je vous souhaite à tous d'être heureux dans vos familles, dans votre travail et dans votre maison.

BIBLIOGRAPHIE

Courtney CARVER, *Project 333 : The Minimalist Fashion Challenge That Proves Less Really is So Much More*, éditions Penguin, 2020.

Marla CILLEY, *Entretiens avec mon évier : domestiquez les tâches ménagères avec FlyLady*, éditions l'Instant Présent, 2014.

Hal ELROD, *Miracle Morning*, éditions First, 2016.

Timothy FERRIS, *La semaine de 4 heures. Travaillez moins, gagnez plus et vivez mieux !*, éditions Pearson, 2007.

Marie KONDO, *La Magie du rangement*, éditions First, 2015.

Holly PIERLOT, *Manuel de survie d'une mère de famille. Comment tenir sa maison en ordre et son âme en paix*, éditions Emmanuel, 2009.

RAFFA, *Le Grand Ménage*, éditions Soliflor, 2016.
PDF téléchargeable gratuitement sur : http://raffa.grandmenage.info/public/pdf/version-ecran-prud.pdf

Retrouvez-moi sur :

mon site : mapetiteorganisation.fr
ma boutique : boutique.mapetiteorganisation.fr
mon compte Instagram : instagram.mapetiteorganisation.fr
ma page Youtube : youtube.mapetiteorganisation.fr
ma page Facebook : facebook.mapetiteorganisation.fr

MIXTE
Papier issu de sources responsables
FSC® C120704
FSC www.fsc.org

Achevé d'imprimer sur les presses d'Unigraf
en décembre 2022
dépôt légal janvier 2023